Catolicismo
y forma política

Colección
Clásicos del Pensamiento

Director
Antonio Truyol y Serra

Carl Schmitt

Catolicismo
y forma política

Estudio preliminar, traducción y notas de
CARLOS RUIZ MIGUEL

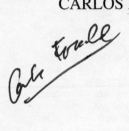

tecnos

Título original:
Römischer Katholizismus und politische Form (1923-1925)

Diseño de cubierta:
Joaquín Gallego

1.ª edición, 2000
Reimpresión, 2001

Die Übersetzung folgt dem Text der 2. Auflage von 1925.
Klett-Cota © 1984. J. G. Cotta'sche Buchhandlung Nachfolger GmbH,
Stuttgart

© Estudio preliminar, traducción y notas,
CARLOS RUIZ MIGUEL, 2000
© EDITORIAL TECNOS (GRUPO ANAYA, S.A.), 2001
Juan Ignacio Luca de Tena, 15 - 28027 Madrid
ISBN: 84-309-3485-5
Depósito Legal: M. 42.637-2001

Printed in Spain. Impreso en España por Fernández Ciudad

ÍNDICE

ESTUDIO PRELIMINAR
por Carlos Ruiz Miguel

I. EL ENIGMA DE UN «CLÁSICO» INEXPLICABLEMENTE OLVIDADO

Constituye para mí un enigma el por qué *Catolicismo y forma política*, de Carl Schmitt (Plettenberg, 11.7.1888 - † Plettenberg, 7.4.1985), no ha sido vertido al castellano hasta hoy, más de tres cuartos de siglo después de su primera publicación. La extrañeza aumenta si tenemos en cuenta que ya en la primera gran exposición publicada en España del pensamiento schmittiano, a la par que se le reprocha una clara influencia del irracionalismo, se afirma que, junto a éste, «retoña, de vez en cuando, un racionalismo clásico», «tradicional, católico» que encontramos «en su interesante libro *Römischer Katholizismus und politische Form*»[1]. ¿Por qué en una época y un lugar, cual era

---

[1] José Caamaño Martínez, *El pensamiento jurídico-político de Carl Schmitt*, Porto, Santiago, 1950, pp. 167-168.

la España del «nacionalcatolicismo» que fue el lugar
que más traducciones hizo de Schmitt, con diferencia,
en su época[2] no se tradujo este «interesante» libro? En
esta misma línea, algún tiempo después, nuestro librito
to será calificado no sólo como «ortodoxamente católico», sino también «como mojón indicador de la primera fase de tal evolución» (la del pensamiento de
Schmitt)[3]. Por si fuera poco lo anterior, al reeditarse
en 1982 la *Teoría de la Constitución*, nada menos que
García Pelayo, que en ese momento era el presidente
del Tribunal Constitucional y el más reconocido cons-
titucionalista español, al comentar que, a su juicio,
guardaban toda su vigencia las consideraciones que
hace Schmitt en dicha *Teoría* acerca del concepto de
representación, nos decía que éste era un «tema también recurrente en el pensamiento de Schmitt, al
menos desde que en 1923 publica su poco conocida
obra *Römischer Katholizismus und politische Form*»[4].

---

[2] Puede comprobarse esto en Pedro Fernández Barbadillo, y Carlos Ruiz Miguel, «Bibliografía», en Dalmacio
Negro Pavón (coord.), *Estudios sobre Carl Schmitt*, Veintiuno, Madrid, 1996, pp. 465 ss. Es importante advertir que
en esa época Schmitt publica varios trabajos en castellano
mucho antes que en alemán (algunos fueron traducidos
póstumamente). A mayor abundancia, en *Catolicismo* hay
una referencia a España en la que se subraya la importancia del Catolicismo en la conformación de la nacionalidad
española.
[3] Arturo Enrique Sampay, *Carl Schmitt y la crisis de la
ciencia jurídica*, Abeledo-Perrot, Buenos Aires, 1965,
p. 36.
[4] Manuel García Pelayo, «Epílogo» a la *Teoría de la Constitución*, de Carl Schmitt, trad. de Francisco Ayala, Alianza,
Madrid, 1982, pp. 373 ss. (p. 376).

La misma traducción italiana de este libro tuvo algún eco (ciertamente desafortunado) en España[5].

Un intento de respuesta a este enigma es el ofrecido por el propio Sampay. Según él, Schmitt, pese a provenir del Catolicismo alemán y publicar en 1923 este libro plenamente ortodoxo, al evolucionar hacia un decisionismo que, según Sampay, «sólo encaja en una cosmovisión radicalmente atea», adoptó una postura de beligerancia contra lo católico. No puede extrañar entonces que en su fase decisionista el propio Schmitt hubiese ordenado la retirada de la circulación de este libro[6]. La tesis es sugerente y daría explicación al enigma: el propio Schmitt no habría autorizado la traducción al castellano. El problema es que hay datos que no se cohonestan bien con la misma. En primer lugar, no explica por qué no aparecieron traducciones «piratas» en castellano, cuando en inglés, por ejemplo, aparece una en 1931 (reimpresa un año después). En segundo lugar, no explica cómo es posible que una obra fundamental del pensamiento decisionista schmittiano (supuestamente ateo) como su *Politische Theologie* sea de 1922 (es decir, anterior en un año a la primera edición del *Römischer*

[5] Antonio Álvarez de Morales, «"Catolicismo romano y forma política" de Carl Schmidt» (*sic*), *Revista de Derecho Público,* n.ᵒˢ 112-113 (1988), pp. 781 ss. Se trata de un trabajo desafortunado en el que, además de numerosas erratas (?) en la transcripción de términos alemanes (p. ej., «Schmidt»), lo que se encuentra es una constante repetición de las ideas que Galli formula en su introducción a la edición italiana (aunque sólo se le cite en una ocasión).

[6] Sampay, *op. cit.*, pp. 36-37. Sampay cita como fuente de la noticia de la retirada del libro por el mismo Schmitt a «E. Fraenkel, *The dual state*, Oxford University Press, 1941, pág. 240».

Katholizismus). En tercer lugar, creemos haber mostrado en otro lugar no sólo que Schmitt, como persona, era firme creyente católico, sino que aspectos centrales de su obra están elaborados sobre la base de conceptos esenciales de la Teología católica (su concepto de lo político, su noción de soberanía y su crítica de los valores)[7]. Finalmente, en cuarto lugar, la tesis de Sampay no permite entender por qué el propio Schmitt declara tres años antes de morir que considera a este libro «como uno de los mejores» que escribió, considerándolo (en 1982) «todavía actual»[8], y por qué un año antes de morir (en 1984) autoriza una reimpresión del mismo. Por todas estas razones, creo que la tesis de Sampay acerca del «olvido» de *Römischer Katholizismus* no puede ser mantenida. Queda en pie el interrogante.

II. *CATOLICISMO Y FORMA POLÍTICA,* UNA POSIBLE CLAVE PARA ENTENDER LA VIDA Y LA OBRA DE SCHMITT

El libro que presentamos versa sobre dos aspectos que centraron la vida de nuestro autor: el Catolicismo y la política. En Schmitt ambos temas no son sólo objeto de disquisición académica, sino que son mucho más. Schmitt fue un católico convencido y fue alguien que no

---

[7] Carlos Ruiz Miguel, «Carl Schmitt, teoría política y Catolicismo», en D. Negro Pavón (coord.), *Estudios sobre Carl Schmitt*, cit., pp. 375 ss.

[8] Carl Schmitt, «Un giurista davanti a se stesso», entrevista a Carl Schmitt, por Fulco Lanchester, en *Quaderni Costituzionali*, 1983, pp. 5 ss. (p. 7).

sólo «estudió», sino que «vivió» la política, pues no en vano afirmó que «la política ha sido, es y seguirá siendo el destino»[9]. En este sentido, la lectura de esta obra nos invita a reflexionar y nos ofrece posibles claves para entender el Catolicismo de Schmitt en su vida política y los propios posicionamientos políticos que adoptó.

En relación con la obra general de Schmitt, se ha argumentado que «intentar reconducir toda la producción de Schmitt a unas categorías que se consideran centrales no deja de ser un tanto arbitrario, pues se trata de un autor en el que falta la pretensión de sistematicidad». Así, a diferencia de lo que sucede con su gran adversario, Kelsen, en Schmitt «encontramos que los enfoques, centros de interés, categorías, etc., varían enormemente de un trabajo a otro». De ahí que se pueda concluir que «cada una de las obras de Schmitt aparece cerrada en sí misma» y «no se descubre en su autor un afán de integrarlas junto a sus obras anteriores en un todo coherente»[10]. Más en particular, y en relación con la obra que nos ocupa, Galli afirma que es problemático insertar el *Catolicismo* en el seno del conjunto de la obra schmittiana[11].

Sin embargo, la lectura del libro que presentamos permite fácilmente llegar a una conclusión opuesta, siempre y cuando consideremos que la ausencia de «autocitas» (plano estilístico-formal) no significa falta

---

[9] Carl Schmitt, *El concepto de lo político*, trad. de Rafael Agapito, Alianza, Madrid, 1998, p. 105.

[10] José Antonio Estévez Araújo, *La crisis del Estado liberal. Schmitt en Weimar*, Ariel, Barcelona, 1989, pp. 8 y 212.

[11] Carlo Galli, «Presentazione» a Carl Schmitt, *Cattolicesimo romano e forma politica*, Giuffrè, Milán, 1986, p. 4.

de referencia a sus construcciones conceptuales previas (plano sustancial). Como afirma Kröger, no sólo estamos ante el escrito estilísticamente más brillante de Schmitt, sino también ante un trabajo clave en su pensamiento[12]. En efecto, por un lado, muchas ideas contenidas en este librito se desarrollan en trabajos posteriores, y, por otro, algunas ideas del mismo sólo se explican a partir de trabajos anteriores, y todo ello aunque no encontremos citas expresas del *Catolicismo* en esas obras posteriores, ni de las obras anteriores en *Catolicismo*. En este sentido creemos que una de las razones por las cuales esta obrita es singularmente importante es por lo que contiene de germen de futuros trabajos y preocupaciones que aquí aparecen ya incoados y de desarrollo de ideas anteriores. Como veremos, es llamativa la relación que, con respecto a la «representación» y el «parlamentarismo» mantiene esta obra tanto con una obra anterior (*Teología política*), cuanto con una coetánea (*La situación histórico-espiritual del parlamentarismo de hoy*), y con una posterior (*Teoría de la Constitución*, como ya advirtió García Pelayo). Pero hay otros muchos asuntos en este librito que serán objeto de consideración en muchos trabajos posteriores de Schmitt: el significado de la técnica, el concepto de Derecho, las nociones de lo público y lo privado, las relaciones entre Schmitt y Max Weber, entre lo Económico y lo Político, entre el Derecho nacional y el internacional, o la fuerza política del mito. De entre los varios tópicos que sugiere la obra, por razo-

---

[12] Klaus Kröger, «Bemerkungen zu Carl Schmitts "Römischer Katholizismus und politische Form"», en Helmut Quaritsch (coord.), *Complexio Oppositorum über Carl Schmitt*, Duncker und Humblot, Berlín, 1988, pp. 159 ss. (p. 159).

nes de espacio sólo nos podremos detener en uno, el que
consideramos más importante en este libro: la aportación al examen de la contribución al estudio de la noción
de representación.

1. Schmitt y el Catolicismo político

No creo que aún se haya realizado un estudio sistemático de la relación de Schmitt con el Catolicismo. Tal
estudio debiera integrar varias perspectivas. Algunas
se hayan apuntadas por Galli[13]: así, en primer lugar, el
perfil biográfico del autor; en segundo lugar, el aspecto
personal-político de Schmitt, principalmente sus relaciones con los partidos católicos alemanes (que, aunque
inicialmente buenas, fueron empeorando); en tercer
lugar, la congruencia de su imagen de la Iglesia respecto a los problemas contemporáneos; en cuarto lugar, la
influencia del Catolicismo en la elaboración de las principales categorías (en relación con el Derecho, la Teoría
del Estado y de la Política –como la teoría de la representación–, y la Filosofía de la Historia, en la que ha realizado interesantísimas investigaciones en torno al Anticristo y al Kat-Echon como fuerzas históricas[14]) a través

---

[13] Carlo Galli, «Il cattolicesimo nel pensiero politico di Carl
Schmitt», en VVAA, *Tradizione e Modernità nel pensiero
politico di Carl Schmitt*, Edizioni Scientifiche Italiane, Nápoles, 1987, pp. 13 ss. (p. 13).

[14] Carl Schmitt, *El Nomos de la tierra en el Derecho de
Gentes del Ius Publicum Europaeum*, trad. de Dora Schilling
Thon, CEC, Madrid, 1979 (1ª. ed. alemana, 1950), pp. 37 ss.;
íd., *La unidad del mundo*, Ateneo, Madrid, 1951, especialmente p. 34.

de las cuales ha interpretado Schmitt la Modernidad. Las perspectivas apuntadas por Galli no agotan, sin embargo, un posible estudio sistemático sobre Schmitt y el Catolicismo. Aún se ha sugerido otra posible línea de investigación: el influjo de Schmitt sobre el Catolicismo alemán de su tiempo, documentable en las principales revistas católicas y en la obra de las grandes figuras católicas alemanas, sobre todo a raíz de la publicación en 1923 de su estudio sobre «Catolicismo y forma política»[15]. En conexión con esta última línea, y quizá como una visión distinta, podría estudiarse, además, no ya sólo el influjo de la teología católica en Schmitt, sino el de Schmitt en la Teología católica (perceptible en la obra de algún importante canonista como Hans Barion, discípulo de Schmitt[16], o en teólogos como Guardini o Von Bathasar). Naturalmente, en estas líneas no se puede llevar a cabo esta ingente tarea, en la que existen

---

[15] Piet Tommissen, «Carl Schmitt-metajuristisch betrachtet: Seine Sonderstellung im katholischen Renouveau des Deutschlands der zwanziger Jahre», *Criticon* (1975), pp. 177 ss.; Joseph W. Bendersky, *Carl Schmitt. Theorist for the Reich*, Princeton University Press, Princeton, 1983, pp. 48 ss.; Roberto Esposito, «Cattolicesimo e Modernità in Carl Schmitt», en VVAA., *Tradizione e Modernità*, cit., pp. 119 ss. (p. 120).

[16] Hans Barion, «Ordnung und Ortung im Kanonische Recht», en H. Barion, Ernst Forsthoff y Werner Weber, *Festschrift für Carl Schmitt*, Duncker und Humblot, Berlín, 1959 (hay reimpresión de 1989), pp. 1 ss.; id., «Kirche oder Partei? Römischer Katholizismus und politischer Form», *Der Staat*, n°. III-2 (1965), pp. 131 ss.; id., «"Weltgeschichtliche Machtform"? Eine Studie zur Politischen Theologie des II. Vatikanischen Konzils», en H. Barion, E. W. Böckenförde, E. Forsthoff y W. Weber, *Epirrhosis. Festgabe für Carl Schmitt zum 80. Geburtstag*, Duncker und Humblot, Berlín, 1968, t. I, pp. 13 ss.

aportaciones fragmentarias. He abordado algunas de estas cuestiones en otro lugar[17] y ahora me referiré a la segunda (su relación con el Catolicismo político).

Schmitt fue siempre católico y los católicos alemanes se agruparon en torno al *Zentrum*. La aparición de nuestro libro fue un importante acontecimiento en el mundo católico alemán, donde causó un impacto extenso e intenso[18]. Es más, en los años veinte Schmitt mantuvo cierta proximidad con personalidades del *Zentrum* y con revistas católicas. Ahora bien, ¿cómo se explica que el autor de esa obrita llamada *Catolicismo y forma política* no fuese el jurista oficial u oficioso del Catolicismo político alemán, esto es, del *Zentrum*? ¿Por qué es *Catolicismo* «el último momento de relativa cercanía política entre Schmitt y la Iglesia»[19]? Las razones no están claras. En primer lugar, Bendersky ha apuntado razones doctrinales y así, por un lado, su progresiva inclinación al hobbesianismo y, por otro, su consideración de que la democracia cristiana alemana (directamente ligada a la Iglesia) actuaba más como un «partido», como un grupo de interés, que como esa institución universal de la que habla en este libro[20]. No obstante, en segundo lugar, Bendersky, que no parece del todo

---

[17] Ruiz Miguel, «Carl Schmitt, Teoría política y Catolicismo», cit., pp. 377-380 (sobre la primera perspectiva: apuntes biográficos del Catolicismo en Schmitt) y 380-392 (influencia del Catolicismo en la elaboración de algunas de sus principales categorías: lo político, soberanía, valores). Nuevos e importantes datos sobre la primera perspectiva pueden verse en Helmut Quaritsch, *Positionen und Begriffe Carl Schmitts*, Duncker und Humblot, Berlín, 1995, pp. 25 ss.

[18] Bendersky, *op. cit.*, p. 49.

[19] Galli, «Presentazione«, cit., p. 20 (en nota).

[20] Sobre esto, Barion, «Kirche oder Partei?...», cit., pp. 174-176.

convencido por estos argumentos, indica que Schmitt
sufrió un agriamiento personal hacia la Iglesia, «aunque
las razones para ello son desconocidas»[21]. En nuestra opinión, los argumentos definitivos son los «desconocidos».
Es cierto que la democracia cristiana como partido político es algo que no casa con la concepción que tiene
Schmitt de la proyección política de la Iglesia tal y como
se expone en su librito: en efecto, es difícilmente concilia-
ble el entendimiento del Catolicismo político como un
«partido político» (modelo de Democracia Cristiana) con
el entendimiento de la Iglesia como *complexio oppositorum*, definida por ese «universalismo»; no puede sino
plantearse la cuestión de a quién «representa» la Iglesia y
a quién «representa» un partido democristiano; y no es
menos cierto que el tiempo ha dado la razón a Schmitt: el
modelo «Democracia Cristiana» de Catolicismo político
ha fracasado de forma estrepitosa[22]. En cualquier caso,
resulta extraordinariamente llamativo que no esté docu-
mentada ninguna condena «doctrinal» de la Iglesia ni a

---

[21] Bendersky, *op. cit.*, p. 86.
[22] Un examen comparativo ofrece un cuadro de gran expre-
sividad. En Italia, donde la DC estaba más próxima y estre-
chamente ligada a Roma, el fracaso ha sido notorio. En Alemania, aunque la DC siga existiendo, lo cierto es que lo hace
desde presupuestos absolutamente distintos a los que la dieron
origen: el hecho de que en la antigua Alemania del Este, mayoritariamente protestante (menos del 5 por 100 de católicos), la
DC haya sido el partido mayoritario sólo se explica desde el
abandono de su carácter original de modelo del Catolicismo
político, razón por la cual el Partido Social Demócrata tiene
también apoyo de la población católica. En España, la DC
nunca tuvo significación real. En Portugal, los intereses de la
Iglesia están defendidos por un primer ministro socialista católico practicante. En Hispanoamérica, el fracaso de la DC puede verse en ejemplos como el de Venezuela.

este librito ni al resto de las obras de Schmitt (antes al contrario). Por eso nos inclinamos a pensar que laten causas personales. Cuáles sean estas no lo sabemos, pero aquí se puede avanzar una hipótesis. Schmitt se casa en 1916 con Pawla Dorotic, y el apasionamiento de Schmitt por esta mujer fue tal que incluso cambió su apellido por Schmitt-Dorotic, firmando varios trabajos de esta forma; sin embargo, este primer matrimonio de Schmitt fue un fracaso[23] que le llevó a solicitar la nulidad del mismo, casándose en 1926 con Duschka Todorovitsch (que falleció en 1950 y de la que tuvo a su única hija, Ánima, en 1931[24]). Aunque las informaciones son contradictorias, parece que hubo tensiones con las altas jerarquías católicas en Alemania por el proceso de nulidad[25]. En todo caso, lo cierto

---

[23] Bendersky, *op. cit.*, p. 44. Sobre las causas del fracaso de este matrimonio, avanzan algo (durísimo) tanto Freund (Julien Freund, *L'aventure du politique. Entretiens avec Charles Blanchet*, Criterion, París, 1991, p. 55) como Quaritsch (Quaritsch, *op. cit.*, p. 34).

[24] Ánima, mujer de excepcional sensibilidad, autora de algunos tapices especialmente bellos, casó con el catedrático de la Universidad compostelana don Alfonso Otero Varela, con quien tuvo cuatro hijos; los herederos de Schmitt, por tanto, son españoles. Ánima Schmitt falleció en 1983, dos años antes que su padre.

[25] Mientras Bendersky afirma que el primer matrimonio fue anulado en 1924 (ibíd.), Freund afirma que no obtuvo la anulación (ibíd.). Lo cierto es que ambos tienen «parte» de razón. Como ha documentado Quaritsch, Schmitt obtuvo la nulidad civil por sentencia de la Audiencia Territorial (*Landgericht*) de Bonn, de 18 de enero de 1924; sin embargo, tanto la sentencia de la Curia de Colonia en primera instancia (18 de junio de 1925), como la de apelación en Münster (9 de julio de 1926) le fueron desfavorables. En consecuencia, el católico Schmitt tuvo que casarse sólo civilmente con su segunda esposa, viviendo excomulgado hasta 1950, fecha en que murió ésta (Quaritsch, *op. cit.*, p. 32).

es que el llamado a ser teórico político de la Iglesia alemana tiene unas relaciones con la Iglesia gravemente dete-
rioradas[26] y que su mentor desde 1929, el general Von
Schleicher, que llegó a ser canciller en 1933, tampoco
gozaba de las simpatías del *Zentrum*[27]. El dato, por tanto,
es que Schmitt, aun siendo católico (y no dejó de serlo por
el fracaso en el proceso de nulidad canónica), no conge-
niaba con el Catolicismo político alemán.

2. LOS POSICIONAMIENTOS POLÍTICOS DE SCHMITT

Es un punto intensamente debatido el de cuál fue la
verdadera posición política de Schmitt. Se han formula-
do dos interpretaciones que pudiéramos llamar «unidi-
mensionales» de Schmitt, conforme a las cuales éste
habría defendido siempre una misma posición política.
Según una primera tesis, patrocinada por Bendersky,
Schmitt siempre fue un teórico que se movía en el ámbito del liberalismo, ciertamente muy conservador[28] (sien-

---

[26] Bendersky (*op. cit.*, pp. 185-186) se refiere al hecho de
que en enero de 1933 el prelado Kaas, jefe del *Zentrum* católico, puso como condición para apoyar al canciller Von
Schleicher que éste prescindiera de Schmitt como su conseje-
ro político. Confirma estos datos Freund (*op. cit.*, pp. 51-52).
[27] Joseph Rovan, *El Catolicismo político en Alemania*, trad. de
Ángel Sánchez de la Torre, IEP, Madrid, 1964, pp. 292, 294 ss.
[28] Dalmacio Negro Pavón, «Orden y Derecho en Carl
Schmitt», en D. Negro, *Estudios sobre Carl Schmitt*, cit., pp.
343 ss. (pp. 353 y 355). Schmitt resume en 1932 su credo político que podríamos llamar liberal-conservador: «Un Estado
fuerte en una Economía libre» (Carl Schmitt, «Konstruktive
Verfassungsprobleme» (1932), en Carl Schmitt, *Staat, Grossraum, Nomos. Arbeiten aus den Jahren 1916-1969*, Duncker
und Humblot, Berlín, 1995, pp. 55 ss. (p. 60).

do un argumento para esta afirmación precisamente la última frase del *Catolicismo*[29]); para una segunda tesis, patrocinada por Estévez Araújo explícitamente contra la anterior, Schmitt siempre fue un defensor de una dictadura autoritaria (siendo su adhesión al nazismo una consecuencia lógica), pudiendo así leerse los trabajos anteriores al auge y triunfo del nazismo en tal clave[30]. A nuestro juicio, no hay duda de cuál de estas tesis es la correcta: mientras Bendersky apoya su argumentación tanto en los textos de Schmitt como en una riquísima documentación, Estévez no aporta un solo documento para sustentar sus tesis, construidas todas ellas sobre sesgadas interpretaciones de los textos de Schmitt.

Bendersky ha documentado perfectamente la colaboración de Schmitt con el mariscal Von Schleicher, que en enero de 1933 llegó a ser nombrado canciller[31]. En el período entre 1929 y 1933 en que Schmitt llegó a ser el auténtico *Kronjurist* de Weimar, publicó diversos trabajos en los que atacó expresa e implícitamente al partido nazi[32]. En marzo de 1933, sin embargo, los nazis triunfan en unas elecciones en las que se ha documentado que en aquellas circunscripciones con mayor número de católicos precisamente es donde menos

---

[29] Bendersky, *op. cit.*, p. 49.
[30] Estévez Araújo, *op. cit.*, pp. 8 y 10.
[31] Bendersky, *op. cit.*, pp. 113 ss., 151 ss., 183 ss.
[32] Carl Schmitt, «Neutralität gegenüber der Wirtschaft», en *Germania* (9 de abril de 1930); «Der Missbrauch der Legalität», en *Tägliche Rundschau* (19 de julio de 1932); *Legalidad y legitimidad,* trad. de José Díaz García, Aguilar, Madrid, 1971 (1.ª ed. alemana, 1932), pp. 52 y 154. Debe hacerse notar que *Germania* era el órgano oficial del partido democristiano alemán, el *Zentrum*.

votos obtuvieron[33]. Pronto los nazis establecen un Estado totalitario. Y se produce el primer gran dilema: huir o permanecer en Alemania. Schmitt permanece en Alemania y comienza a colaborar con los mismos nazis que quiso prohibir apenas un año antes[34]. Ahora bien, el hecho de que Schmitt se inscribiese en el partido nazi ¿significa que fue nazi? ¿Puede afirmarse que «su doctrina no podría, objetivamente, desligarse del nacionalsocialismo» y que su posterior neutralidad ante los desmanes nazis no bastaría «como exculpación»[35]? Opinamos, con Bendersky, que no. Como ha documentado Bendersky, Schmitt temió por su integridad física. Ese temor no era infundado: en 1934 los nazis asesinaron a su mentor, el mariscal y ex canciller Von Schleicher, a su esposa y a varios colaboradores cercanos; desde 1934 el jurista nazi Otto Köllreuter fustigó la «heterodoxia» de Schmitt y le acusó de cercanía a los judíos; en 1936, el periódico de las SS publicó sendos artículos denunciando a Schmitt como falso nazi y recordando que había sido amigo de judíos y que en sus escritos anteriores a 1933 había ridiculizado el racismo[36]. A esto habría que añadir que, siendo la teoría hobbesiana de la

---

[33] Los mapas en los que se expresa en qué zonas de Alemania triunfaron los nazis y en qué zonas había población mayoritariamente católica son elocuentes (véase Hans Graf von Huyn, *Seréis como dioses: vicios del pensamiento político y cultural del hombre de hoy*, EIUNSA, Barcelona, 1991, pp. 206-207).

[34] Bendersky, *op. cit.*, pp. 198 ss., 222-223.

[35] Manuel Aragón Reyes, «Estudio preliminar» a Carl Schmitt, *Sobre el parlamentarismo*, trad. de Thies Nelsson y Rosa Grueso, Tecnos, Madrid, 1990, pp. XXXIII- XXXIV.

[36] Bendersky, *op. cit.*, pp. 212-223, 225-226.

relación entre protección y obediencia una parte central del pensamiento de Schmitt, desde el momento en que Schmitt no podía obtener protección de Weimar, dejó de prestarle obediencia[37]. Por lo demás, Quaritsch ha puesto de manifiesto que la pública confesión de su Catolicismo le causó problemas con los nazis, razón por la cual no cree que se le pueda calificar de oportunista ni de cobarde[38].

A todo ello, la lectura de *Catolicismo* puede sugerir a este debate un argumento adicional. Quizá los reproches que ciertos defensores del parlamentarismo y la democracia hicieron a Schmitt pudieran entenderse mejor en el contexto de esta obra en la que se nos da cuenta del «reproche, repetido en todo el parlamentario y democrático siglo XX, de que la política católica no consiste sino en un oportunismo sin límites». Ahora bien, Schmitt se cuida de decirnos que esto no significa ausencia de principios («todo partido que tenga una firme cosmovisión puede, en la táctica de la lucha política, formar coaliciones con grupos de diverso tipo. Esto vale tanto para el socialismo convencido, en la medida en que tiene un principio radical, como para el Catolicismo»)[39]. En consecuencia, ¿por qué no interpretar así no solamente el Catolicismo político, sino el posicionamiento político

---

[37] Bendersky, *op. cit.*, p. 204.

[38] Quaritsch, *op. cit.*, pp. 28-32. Este autor aporta documentos que no habían sido conocidos antes por Bendersky.

[39] Resulta así discutible que nos encontremos, como afirma un autor, ante una «justificación inconscientemente anticipada de su oportunismo político» (Rafael Gutiérrez Girardot, «Hugo Ball y Carl Schmitt», en VVAA, *Historia, lenguaje, sociedad. Homenaje a Emilio Lledó*, Crítica, Barcelona, 1989, pp. 404 ss., 409-410).

personal de ese autor católico que es Schmitt? De la misma forma que no todos los que tuvieron en España el carné de la Falange eran falangistas, ni en Rusia eran comunistas todos los que tenían el carnet del PCUS, Schmitt, que tuvo el carné nazi, nunca fue nazi. Fiado en su propia inteligencia, incluso en un primer momento intentó «manipular» al nazismo para dirigirlo a posiciones más cercanas a la suya[40]. Fracasó. Nunca lo reconoció: en parte quizá por soberbia intelectual; en parte, porque seguía creyendo en sus ideas políticas y no quería que un reconocimiento de su error «táctico» (afiliación al partido nazi) fuese un reconocimiento de su error «estratégico» (defender ciertas ideas, muchas de las cuales, por cierto, luego han sido aceptadas por la Alemania constitucional de posguerra)[41]. Así, se le ha negado el derecho a sobrevivir siguiendo una aproximación «táctica»: ¿o acaso estaba obligado a elegir entre la persecución o el exilio de su patria[42]? ¿Se exige a Schmitt lo mismo que a otros o hay dos varas de medir?

3. SCHMITT Y LA TEORÍA DE LA REPRESENTACIÓN

Una de las ideas centrales en la obra de Schmitt es la de «representación». Esta idea de representación ha intentado ser descalificada por algunos autores. Así, Estévez sugiere, nada más y nada menos, que «en el modo como Schmitt configura la representación es posi-

---

[40] Bendersky, *op. cit.*, p. 242. Así fue visto en el círculo de Rosenberg (Quaritsch, *op. cit.*, p. 29).

[41] Bendersky, *op. cit.*, p. 283.

[42] Aragón Reyes, *op. cit.*, p. XXXIV.

ble descubrir ya, pues, lo que constituye el objetivo primordial de la producción schmittiana durante esta segunda etapa: el desplazamiento del centro de gravedad del sistema weimariano desde el *Staat* hacia el *Reich*, desde las instituciones propias del Estado representativo hacia el presidente del Reich en tanto que líder plebiscitario y jefe de las fuerzas armadas»[43]. La tesis de Estévez, muy propia de su forma de examinar la obra de Schmitt, no puede ser compartida. De entrada, y aunque diga que la elaboración originaria del concepto de representación se encuentra en *Catolismo y forma política*, lo cierto es que su conocimiento de esta obra no es directo, sino por referencias[44], lo cual lastra el análisis. Por si fuera poco, Estévez tampoco alude a las importantes consideraciones que lleva a cabo Schmitt sobre este concepto en su trabajo sobre la situación histórico-espiritual del parlamentarismo.

Mayor sustancia tiene la crítica de Aragón, aunque el resultado final es igualmente criminalizador de la obra schmittiana. Este autor hace una lectura del concepto de representación en Schmitt, según la cual el alemán parte de considerar que cuando la sociedad es «plural», el único modo de hacer posible la democracia reside en la negación de la «pluralidad», bien destruyéndola, o bien silenciándola, es decir, excluyéndola de la «representación». A tal fin, según Aragón, en Schmitt la distinción entre *Vertretung*, o «representación mediante elecciones, que es siempre, a su juicio, una representación política inautén-

---

[43] Estévez Araújo, *op. cit.*, p. 215.
[44] Las citas de *Catolicismo* que hace están tomadas de la obra de José María Beneyto *Politische Theologie als politische Theorie*, Duncker und Humblot, Berlín, 1983.

tica, es decir, una representación de intereses [...] y *Repräsentation*, o representación espiritual, que se manifiesta no por la elección, sino por la "identificación" del pueblo con sus líderes (mediante la "aclamación" o el "asentimiento") sirve al objetivo último, a saber, afirmar que hay una «auténtica democracia» distinta de la «falsa democracia representativa». Aragón ve, aquí, nada menos que «la confluencia entre ideas de extrema izquierda y extrema derecha» y «la destrucción de la democracia misma»[45]. El problema de la crítica de Aragón es que las premisas de la argumentación no pueden ser aceptadas. La interpretación de la primera premisa es discutible por dos razones. Por un lado, cuando Schmitt afirma que «es propia de la democracia, en primer lugar, la homogeneidad y, en segundo lugar, –y en caso de ser necesaria–, la eliminación o destrucción de lo heterogéneo», no debe olvidarse que añade líneas más adelante algo que no reproduce Aragón, a saber, que «el poder político de una democracia estriba en saber eliminar o alejar lo extraño y desigual, lo que amenaza la homogeneidad» pues, «en la cuestión de la igualdad no se trata de logarítmicos juegos abstractos, sino de la sustancia misma de la igualdad»[46]. Por tanto, las palabras de Schmitt pueden ser interpretadas de forma esencialmente democrática, sólo con no sacarlas de su contexto[47], y articulando correctamente las

---

[45] Aragón, *op. cit.*, pp. XVIII-XX.

[46] Schmitt, *Sobre el parlamentarismo*, cit., pp. 12-13.

[47] La clave la ha dado Pedro de Vega, para quien la crítica schmittiana, desde una lógica *inmanente* al propio proceso de conceptualización liberal, puede ser considerada científica y resulta válida y convincente; sin embargo, esa crítica pasa a ser totalmente discutible desde el momento en que se plantea desde una perspectiva trascendente, pues en tal caso la crítica

premisas. Pero además, por otro lado, el modo en el que Schmitt armoniza las nociones de «pluralismo» y «homogeneidad» me parece fácilmente compartible, aunque no es menos cierto que las ideas preconcebidas al respecto están ampliamente extendidas[48]. Por lo que hace a la segunda premisa, a saber, la conexión aclamación-identificación-representación, si algo cabe decir es que no responde en absoluto al pensamiento de Schmitt. Así, hay

---

constituye una toma de posición política que no puede reclamar pretensiones de cientificidad (Pedro de Vega García, «Prólogo» a Carl Schmitt, *La defensa de la Constitución*, Tecnos, Madrid, 1983, pp. 11 ss. (pp. 13-14). Schmitt hace una crítica inmanente al parlamentarismo científicamente válida, que no nos obliga a aceptar sus discutibles presupuestos trascendentes; lo que es difícil de aceptar es que se haga una crítica trascendente a Schmitt para así enervar la crítica inmanente de Schmitt al parlamentarismo. Ahora bien, esto último, se nos antoja como matar al mensajero: puede «eliminar» a Schmitt, pero no elimina el problema que Schmitt plantea.

[48] Carl Schmitt, «Staatsethik und pluralistischer Staat», en *Positionen und Begriffe im Kampf mit Weimar-Genf-Versailles. 1923-1939*, Duncker und Humblot, Berlín, 1988, pp. 133 ss. En este importante trabajo, publicado en 1930, Schmitt afirma: «si un Estado se convierte en Estado pluralista de partidos, la unidad del Estado sólo puede mantenerse en la medida en que los dos o más partidos existentes se unan en el reconocimiento de ciertas premisas comunes. En tal caso, la unidad estriba especialmente en la Constitución reconocida por todos los partidos, la cual es necesariamente respetada como principio común. La Ética pública se convierte así en Ética constitucional [...]. Puede suceder también que la Constitución se convierta en una simple regla de juego y su Ética se volatilice en una simple Ética de *fair play,* en cuyo caso, con la disolución pluralista de la unidad del todo político, la unidad se convierta sólo en un simple aglomerado de cambiantes alianzas entre grupos heterogéneos» (pp. 144-145). No nos cabe duda de que los artículos 1.1 y 10.1 de la Constitución española responden a esta idea schmittiana.

que recordar que, según Schmitt, «el Estado se basa como unidad política en una vinculación de dos contrapuestos principios de formación, el principio de la identidad [...], y el principio de la representación» y que para Schmitt, la aclamación es incompatible con la representación[49].

También en el estudio de este importante aspecto de la obra schmittiana, cual el de la representación, la obra que presentamos puede sugerirnos un enfoque distinto. Para llevar a cabo esta tarea, por un lado, debemos tomar en consideración tanto su escrito coétaneo del *Catolicismo* sobre *La situación histórico-espiritual del parlamentarismo de hoy* (1923), en el que Schmitt considera que la relación que hay entre «representación» y «parlamentarismo» sería la que existe entre el género y la especie[50], como su obra maestra, la *Teoría de la Constitución* (1928), donde lleva a cabo un examen minucioso y sistemático del concepto de representación. En esta última obra, la noción de representación es caracterizada por Schmitt por una serie de notas (sólo puede tener lugar en la esfera de lo *público*; no es un fenómeno normativo o procedimental, sino *existencial*; la unidad política es representada como un *todo*; el representante es *independiente*[51]). Por otro lado, para

---

[49] Schmitt, *Teoría de la Constitución*, cit., pp. 213 y 238. Schmitt afirma que «el pueblo produce lo público mediante su presencia [...], no puede ser representado, porque necesita *estar presente* y sólo un ausente puede ser representado. Como pueblo presente, [...] se encuentra en la Democracia pura con el grado más alto posible de identidad [...]. Sólo el pueblo verdaderamente reunido puede hacer lo que específicamente corresponde a la actividad de ese pueblo: puede *aclamar*» (p. 238).

[50] Schmitt, *Sobre el parlamentarismo*, cit., pp. 44-45 (en nota).

[51] Schmitt, *Teoría de la Constitución*, cit., pp. 208 ss.

acercarnos al concepto schmittiano de representación, nos ofrece sólo una limitada ayuda el uso de las categorías de Pitkin, quien ofrece hasta cinco sentidos de representación (como cesión de autoridad –por influencia del concepto jurídico-privado–, como descripción, como evocación, como actuación «en interés de» y, finalmente, como responsabilidad[52]). El análisis del concepto de Schmitt es distinto del que lleva a cabo Pitkin y es lástima que esta autora no haya manejado la obra de Schmitt[53].

Catolicismo y forma política invita al examen de estas cuestiones: el objeto, el sujeto y el fin de la representación. Se trata de un enfoque que no contradice el ofrecido por el resto de sus obras, pero que contribuye a iluminarlo.

En primer lugar, en Schmitt el objeto de representación pertenece a la esfera de lo público, y aquí radica la diferencia con la representación-*Vertretung* (en tanto en cuanto ésta es algo privado); la distinción público-privado corta en dos todas las formas de entender la representación en Pitkin (que suele explicar cada concepto mezclando ejemplos del mundo de lo público y de lo privado).

En segundo lugar, los sujetos de la representación son siempre personas y no cualesquiera, sino las dotadas de una especial dignidad («no sólo el representante y el representado reclaman un valor, sino que incluso también lo reclama el destinatario, el tercero al que se dirigen», dice Schmitt en *Catolicismo*). Este requisito personal también distingue la noción de representación schmittia-

---

[52] Hanna Fenichel Pitkin, *El concepto de representación*, trad. de Ricardo Montoro Romero, CEC, Madrid, 1985, pp. 52 ss.

[53] Ciertamente, Pitkin cita una vez a Schmitt (p. 240, nota 5), pero no lo hace ni a las obras ni a las teorías especialmente dedicadas por este autor al estudio de la representación.

na de otras: *a*) de ciertas formas de representación-auto-
rización; *b*) de algunas variantes de representación-iden-
tificación (así, según Schmitt, mientras las imágenes que
se corresponden con el pensamiento económico como
«reflejo», «irradiación» o «espejismo» se refieren a «una
conexión material» y «metáforas como proyección,
reflejo, espejismo, irradiación o transferencia denotan
una búsqueda de la base objetiva "inmanente"»; la idea
de representación se halla dominada «por el pensamiento de una autoridad personal», pues no se trata «de un
concepto cosificado»); y, *c*) finalmente, de la representa-
ción-evocación simbólica que pueda prescindir del elemento personal.

En tercer lugar, y aquí está la más singular aportación
de *Catolicismo* al estudio de la representación, el fin de
la actividad de representar no es otro sino llevar a cabo
una *complexio oppositorum*, y así Schmitt puede afirmar
que en el constitucionalismo clásico existe la idea de
representación en cuanto que «la personificación del pueblo y la unidad del Parlamento en cuanto es su representante, significan que al menos existe la idea de una *complexio oppositorum*, esto es, reducción de la multiplicidad de intereses y partidos a una unidad que está pensada representativa y no económicamente»; la representación, por tanto, pretende algo distinto al «actuar en interés de» del que habla Pitkin, aunque la *complexio oppositorum* que realiza la representación redunde en interés
del representado. La existencia de esta *complexio* sirve
así, por un lado, para lograr una unidad, unidad política
que es un bien escaso en el orden político moderno[54], y,

---

[54] Galli, «Presentazione», cit., p. 18.

por otro lado, para conseguir que la «pluralidad» no sea negada, ni destruida, ni silenciada, ni excluida.

La idea de representación así esbozada se incardina perfectamente en el marco teológico político de Schmitt[55] en que se formula una teoría personalista del Estado, y de este marco puede recibir incluso ulteriores desarrollos. En efecto, el fundamento de la teoría jurídico-política de Schmitt es teológico: «todos los conceptos sobresalientes de la moderna teoría del Estado son conceptos teológicos secularizados»[56]. Ello se explica porque «la imagen metafísica que de su mundo se forja una época determinada tiene la misma estructura que la forma de la organización política que esa época tiene por evidente»[57]. De ahí que la imagen que tenga de Dios una sociedad suela ir aparejada con una determinada forma política; por eso, la noción de un Dios *personal* lleva aparejada una forma política personal, esto es, *representativa*. Por lo demás, la consideración de un poder *personal* supone la existencia de una *responsabilidad*, que resulta muy difícil de exigir, cuando no imposible, respecto de un poder impersonal o abstracto. No sólo subyace aquí, pues, la idea de un Dios *personal* y providente que interviene directamente en los asuntos

[55] La conexión de la génesis de *Teología política* (1922) y de *Catolicismo y forma política* (1923) ha sido puesta de manifiesto por Ulmen [(Gary L. Ulmen, «Introduction» a Carl Schmitt, *Roman Catholicism and Political Form*, Greenwood Press, Westport (Connecticut, EEUU), 1996, pp. XIV y XXX)]. Por su parte, Schmitt ha afirmado que *Catolicismo* fue escrito en 1921 (Schmitt, «Un giurista...», cit., p. 7).

[56] Carl Schmitt, «Teología política» (1ª. ed. alemana, de 1922), en *Estudios políticos*, trad. de F. J. Conde, Doncel, Madrid, 1975, pp. 35 ss. (p. 65).

[57] Schmitt, «Teología política», cit., p. 74

humanos, sino también la idea del hombre como persona, al que en virtud de su libertad se le pueden exigir *responsabilidades* (lo que conecta con la idea católica del hombre capaz de salvar o condenar su alma). Esta idea de responsabilidad queda vinculada así a la idea de representación, apareciéndonos Schmitt como precursor de Pitkin en su concepto de representación como responsabilidad[58]. Siendo esto así, la concepción «personalista» de la soberanía en Schmitt (expuesta en 1922, un año antes de la publicación de *Catolicismo*) puede tener, gracias a la representación, una realización que no anule ese elemento personal. La idea personalista de representación contenida en *Catolicismo* (1923) no sólo resulta el complemento indispensable de la idea personalista de soberanía, sino que incluso deja la puerta abierta a la posibilidad de admitir como personalista una forma de Estado parlamentaria, lo cual parecía negado en *Teología política* (1922)[59].

III. NUESTRA TRADUCCIÓN

La obra *Catolicismo y forma política* apareció primeramente en 1923[60], siendo publicada una segunda edición apenas dos años después en Múnich[61] con algunas variaciones de muy escasa importancia, pero (y el dato no deja

---

[58] Pitkin, *op. cit.*, pp. 251, 257.

[59] Schmitt, «Teología política», cit., pp. 86-87

[60] Carl Schmitt, *Römischer Katoholizismus und politischer Form*, Jakob Hegner, Hellerau, 1923.

[61] Carl Schmitt, *Römischer Katoholizismus und politischer Form*, Theatiner Verlag, Múnich, 1925 (2.ª ed.).

de ser importante) con un elemento del que careció la primera edición, a saber, el imprimátur dado por la Iglesia católica. Esta segunda edición, en su reimpresión de 1984[62], constituye la fuente directa de nuestra traducción.

En 1931, poco después de la publicación de la segunda edición, apareció la primera traducción de esta obra. Se trata de una traducción no autorizada y que no hemos podido manejar. Esta primera versión inglesa se halla precedida por un estudio preliminar del importante historiador católico de la cultura Christopher Dawson[63], que no parece probar una adecuada comprensión de la tesis de Schmitt[64] y sin que conste el traductor. En 1932 se reeditaría este texto, probablemente con variaciones en la traducción, quizás efectuadas por quien hizo la primera versión (no lo hemos podido constatar directamente)[65]. Mucho más tarde, en 1988, vuelve a aparecer la versión inglesa (tampoco autorizada) de nuestro libro, firmada por E. M. Codd y precedida por una introducción de Simona Draghici[66], que tampoco merece un veredicto favorable a Ulmen[67]. El texto de 1988, menos

---

[62] Carl Schmitt, *Römischer Katoholizismus und politischer Form*, Klett-Cotta, Stuttgart, 1984.

[63] Carl Schmitt, *The Necessity of Politics; an Essay on the Representative Idea in the Church and Modern Europe*, con introducción de Christopher Dawson, Sheed & Ward, Londres, 1931.

[64] Ulmen, *op. cit.*, pp. XXXIX-XL.

[65] Carl Schmitt, *Vital realities*, MacMillan, Nueva York, 1932.

[66] Carl Schmitt, *The Idea of Representation : a Discussion*, trad. de E. M. Codd, estudio preliminar de Simona Draghici, Plutarch Press, Washington DC, 1988.

[67] Ulmen, *op. cit.*, p. XLI. Simona Draghici, la autora descalificada por Ulmen, ha publicado otras traducciones y estudios sobre Schmitt. Por un lado, *Land and Sea*, trad. y prefacio de Simona Draghici, Plutarch Press, Washington DC, 1997; por otro, ha publicado una selección de cuatro de los

desafortunado que el de 1931, también ofrece numerosos flancos a la crítica, según Ulmen[68]. Estos tres textos (1931, 1932, 1988) plantean el problema de si estamos ante una, dos o tres traducciones distintas y si son responsabilidad de la misma persona[69]. La traducción definitiva al inglés, y única autorizada, es la realizada por

---

textos recogidos en «Positionen und Begriffe», *Four Articles, 1931-1938*, traducción y prefacio de Simona Draghici, Plutarch Press, Washington DC, 1999.

[68] Ulmen, *op. cit*., pp. XL-XLII.

[69] Las fichas de los libros de 1931 y de 1932 de la Biblioteca del Congreso de los EEUU no contienen mención del traductor. Ulmen, el traductor de la mejor versión inglesa, no dice conocer el texto de 1932, pero sí parece haber manejado el texto de 1931 (pues hace unas consideraciones críticas sobre la introducción de Dawson), del que nos dice: «no se da el nombre del traductor» (Ulmen, *op. cit*., p. XXXIX), y tras (parece) haber cotejado esta traducción con la de 1988, afirma que existen divergencias entre ambas (Ulmen, *op. cit*., p. XL). Por su parte, Galli, que se refiere a los textos de 1931 y de 1932, pero no podía conocer aún el de 1988, nos dice que la traducción se debe a Elsie M. Codd, y no hace mención de divergencias entre ambos (Galli, «Presentazione», cit., p. 26). El problema es: si, como dice Galli, las versiones de 1931 y 1932 son la misma y se deben ambas a Codd, ¿cómo es posible que, como sostiene Ulmen, existan divergencias entre la de 1931 y la que aparece firmada por Codd en 1988? Estas contradicciones pueden resolverse con una interpretación intermedia, distinta de la de Ulmen y de la de Galli: a saber, que todos los textos se deben a Codd y que bien hubiese ésta modificado su versión inicial en 1932 (siendo ésta la reeditada en 1988), bien los textos de 1931 y 1932 son iguales y Codd introduce los cambios en 1988. Por razones cronológicas creemos más probable la primera hipótesis. Esto explicaría, por un lado, las divergencias que observa Ulmen entre los textos de 1931 y 1988; por otro, que Galli, en 1986 (dos años antes de que apareciera la traducción de 1988, expresamente firmada por Codd), saque a relucir este nombre como responsable de las traducciones de 1931 y 1932.

G. L. Ulmen[70]. Esta traducción, espléndida, se ofrece junto a un interesante estudio preliminar y una serie de notas explicativas a lo largo del texto (el original carece de ellas), del propio Ulmen, en las que se ofrecen las referencias biográficas y bibliográficas de los libros o personajes que cita Schmitt a lo largo del texto. Por otro lado, desde un punto de vista puramente formal, introduce una separación de párrafos que no coincide con la que contiene el original, pero que no resulta en modo alguno arbitraria por lo general. Como apéndice ofrece (como se hizo antes en la traducción italiana a la que luego nos referiremos) la traducción de un breve trabajo que publicó Schmitt en 1917 y que trata de una cuestión próxima a la de la obra principal. Nos referimos al artículo «La visibilidad de la Iglesia. Una meditación escolástica» (*Die Sichtbarkei der Kirche. Eine scholastische Erwägung*).

Junto a estas traducciones inglesas se encuentra la traducción debida a Carlo Galli[71], un estudioso de la obra de Schmitt que ha dedicado particular atención a la relación entre Schmitt y el Catolicismo. La obra se halla precedida de un interesante estudio preliminar y se halla epilogada por el artículo del joven Schmitt sobre «La visibilidad de la Iglesia» (traducido por Carlo Sandrelli y revisado por el propio Galli). Desde el punto de vista formal, la traducción de Galli presenta la particularidad

---

[70] Carl Schmitt, *Roman Catholicism and Political Form*, traducción, introducción y notas de G. L. Ulmen, Greenwood Press, Westport (Connecticut, EEUU), 1996.

[71] Carl Schmitt, *Cattolicesimo romano e forma politica. La visibilità della Chiesa. Una riflessione scolastica*, traducción y presentación de Carlo Galli, Giuffrè, Milán, 1986.

de que, si bien se fundamenta en la segunda edición de 1925, ha sido cotejada con la primera edición de 1923, haciéndose constar en nota todas las divergencias que aparecen entre ambas ediciones.

Nuestra traducción se basa en la segunda y definitiva edición de 1925, habiendo seguido el texto tal y como aparece en la edición de 1984 de Klett-Cotta, que reproduce la anterior. A este respecto debemos hacer las siguientes observaciones. En primer lugar, no hemos podido consultar la primera edición de 1923, pero las diferencias entre la primera y la segunda edición, tal y como quedan recogidas en la edición italiana de Galli, son nimias[72]. De hecho, Ulmen, en su posterior edición inglesa, también prescinde de ellas. En segundo lugar, debe observarse que la obra original se halla escrita en párrafos que, a veces, resultan excesivamente largos. Mientras Galli respeta la distribución de párrafos que hizo Schmitt, Ulmen suele dividirlos por razón de claridad expositiva. Nosotros, en algunas ocasiones en que lo hemos considerado conveniente *ratione materiae,* también hemos procedido de ese modo, aunque no en todos los casos en los que lo hace Ulmen; y al contrario, en escasísimas ocasiones, y siguiendo también a Ulmen, hemos agrupado en un único párrafo oraciones que, sin embargo, Schmitt ubicaba en párrafos distintos. En tercer lugar, aunque la obra no se halla dividida en «capítulos», hemos considerado conveniente indicar una separación entre los grandes bloques temáticos de la

---

[72] Las más importantes son referidas por Galli en las páginas 62 y 63 de su edición. En cualquier caso, no me han parecido esenciales.

obra a efectos de una mejor comprensión. En cuarto lugar, Ulmen introduce una serie de notas de carácter biográfico y bibliográfico, en las que o bien ofrece la referencia de los libros citados en el texto, o bien hace una breve semblanza de los personajes a los que alude Schmitt. Hemos prescindido (al igual que Galli) de realizar ese tipo de notas, pues estimamos, por un lado, que un lector culto conocerá ya a los personajes y autores citados y, por otro, que, en caso de desconocimiento, existen enciclopedias donde puede obtenerse una abundante y precisa información; sin embargo, no nos hemos resistido a incluir una nota en un caso en que Schmitt hace una alusión no nominal a algún personaje importante y hemos considerado imprescindible para la plena inteligibilidad del texto una explicación. En quinto lugar, hemos respetado las palabras o expresiones escritas en el original en otros idiomas distintos del alemán (francés, inglés) y, en algún caso, hemos conservado la palabra original alemana cuando ésta se halla incorporada al acervo cultural hispánico con un significado propio. En sexto lugar, debe hacerse una precisión final que creemos importante y que afecta al título y al contenido mismo de la traducción. Si bien el original alemán y las traducciones inglesas e italiana hablan de «Catolicismo romano», nosotros hablamos sólo de «Catolicismo» y ello por dos razones. La primera es porque en España la expresión del título original es inusual, a más de pleonástica: aquí no se habla de «Catolicismo romano», sino de «Catolicismo» a secas, como no se habla de la Iglesia (católica) Romana, sino de la Iglesia (católica) a secas; la segunda razón, relacionada con la primera, es que a partir de la definición del dogma de la infalibilidad papal en el Concilio Vaticano I, en septiembre de 1870, mil cuatrocientos católicos alemanes emitieron una declaración en la que rechazaban tal dogma como «innovación contraria a la fe tradicional de la Iglesia». El movimiento contra el dogma tuvo un poderoso impulso inicial y, aunque en el primer congreso de este movimiento se contó con asistencia de delegados de varios países, posteriormente quedó limitado al área germánica, donde fue apoyado por los poderes públicos de algunos Estados (como la Prusia de la *Kulturkampf* de Bismarck). Al poco tiempo, el movimiento de los viejos católicos declinó, pero, para ocultar este hecho, los seguidores de esta corriente optaron por abandonar la denominación de «veterocatólicos» para sustituirla simplemente por la de «católicos». La existencia de estas dos denominaciones católicas hizo preciso diferenciar a los católicos fieles a Roma y a la doctrina del Vaticano I, que eran llamados también «católicos romanos». En cualquier caso, como hemos dicho, este cisma tuvo un eco nulo en España; de ahí que hayamos prescindido en el título de la palabra «romano». Bien es cierto que pudiera alegarse que en Schmitt el adjetivo «romano» es más que eso, pues, como ha indicado en trabajos posteriores al aquí traducido, «Roma» (*Rom*) tiene una proximidad conceptual con una de las ideas más importantes del pensamiento schmittiano cual la de «Espacio» (*Raum*)[73]; sin embargo, no es menos cierto que ese jue-

---

[73] Carl Schmitt, *Glossarium. Aufzeichnungen der Jahre 1947-1951*, Duncker und Humblot, Berlín, 1991, p. 317 (anotación del 6 de julio de 1951); id., «Raum und Rom-Zur Phonetik des Wortes Raum» (trabajo publicado originalmente en 1951), en Carl Schmitt, *Staat, Grossraum, Nomos*, cit., pp. 491 ss.

go conceptual que es posible en el lenguaje alemán se pierde en el castellano, razón por la cual creemos que la adición del adjetivo «romano» es ociosa.

No quiero cerrar estas líneas sin agradecer a mi buen amigo Carmelo López-Arias Montenegro el tiempo dedicado a leer esta traducción y este estudio preliminar. Su generosa dedicación ha impedido muchas erratas, ha mejorado el estilo y ha sido fuente de sugerencias.

BIBLIOGRAFÍA

I. BIBLIOGRAFÍA UTILIZADA EN EL TEXTO

ÁLVAREZ DE MORALES, Antonio: «"Catolicismo romano y forma política" de Carl Schmidt» (sic), *Revista de Derecho Público*, n.os 112-113 (1988), pp. 781 ss.

BARION, Hans: «Ordnung und Ortung im Kanonische Recht», en H. Barion, Ernst Forsthoff y Werner Weber, *Festschrift für Carl Schmitt*, Duncker und Humblot, Berlín, 1959 (hay reimpresión de 1989), pp. 1 ss.

— «Kirche oder Partei? Römischer Katholizismus und politischer Form», *Der Staat*, n.º III-2 (1965), pp. 131 ss.

— «"Weltgeschichtliche Machtform"? Eine Studie zur Politischen Theologie des II. Vatikanischen Konzils»; en H. Barion, E. W. *Böckenförde*, E. Forsthoff y W. Weber, *Epirrhosis. Festgabe für Carl Schmitt zum 80. Geburtstag*, Duncker und Humblot, Berlín, 1968, t. I, pp. 13 ss.

BENDERSKY, Joseph W.: *Carl Schmitt. Theorist for the Reich*, Princeton University Press, Princeton, 1983.

BENEYTO, José María: *Politische Theologie als politische Theorie*, Duncker und Humblot, Berlín, 1983.

CAAMAÑO MARTÍNEZ, José: *El pensamiento jurídico-político de Carl Schmitt*, Porto, Santiago, 1950.

ESPOSITO, Roberto: «Cattolicesimo e Modernità in Carl Schmitt», en VVAA, *Tradizione e Modernità nel pensiero politico di Carl Schmitt*, Edizioni Scientifiche Italiane, Nápoles, 1987, pp. 119 ss.

ESTÉVEZ ARAUJO, José Antonio: *La crisis del Estado liberal. Schmitt en Weimar,* Ariel, Barcelona, 1989.

FREUND, Julien: *L'aventure du politique. Entretiens avec Charles Blanchet,* Criterion, París, 1991.

GALLI, Carlo: «Il cattolicesimo nel pensiero politico di Carl Schmitt», en VVAA, *Tradizione e Modernità,* cit., pp. 3 ss.

GUTIÉRREZ GIRARDOT, Rafael: «Hugo Ball y Carl Schmitt», en VVAA, *Historia, lenguaje, sociedad. Homenaje a Emilio Lledó,* Crítica, Barcelona, 1989, pp. 404 ss.

HUYN, Hans Graf von: *Seréis como dioses: vicios del pensamiento político y cultural del hombre de hoy,* EIUNSA, Barcelona, 1991.

KRÖGER, Klaus: «Bemerkungen zu Carl Schmitts "Römischer Katholizismus und politische Form"», en Helmut Quaritsch (coord.), *Complexio Oppositorum über Carl Schmitt,* Duncker und Humblot, Berlín, 1988, pp. 159 ss.

NEGRO PAVÓN, Dalmacio: «Orden y Derecho en Carl Schmitt», en D. Negro (coord.), *Estudios sobre Carl Schmitt,* Veintiuno, Madrid, 1996, pp. 343 ss.

PITKIN, Hanna Fenichel: *El concepto de representación,* trad. de Ricardo Montoro Romero, CEC, Madrid, 1985.

QUARITSCH, Helmut: *Positionen und Begriffe Carl Schmitts,* Duncker und Humblot, Berlín, 1995.

ROVAN, Joseph: *El Catolicismo político en Alemania,* trad. de Ángel Sánchez de la Torre, IEP, Madrid, 1964.

RUIZ MIGUEL, Carlos: «Carl Schmitt, teoría política y Catolicismo», en D. Negro Pavón (coord.), *Estudios sobre Carl Schmitt,* cit., pp. 375 ss.

SAMPAY, Arturo Enrique: *Carl Schmitt y la crisis de la ciencia jurídica,* Abeledo-Perrot, Buenos Aires, 1965.

SCHMITT, Carl: «Neutralität gegenüber der Wirtschaft», *Germania* 9 de abril de 1930.

— «Der Missbrauch der Legalität», *Tägliche Rundschau,* 19 de julio de 1932.

— *Legalidad y legitimidad,* trad. de José Díaz García, Aguilar, Madrid, 1971 (1.ª ed. alemana, 1932).

— *El Nomos de la tierra en el Derecho de Gentes del Ius Publicum Europaeum,* trad. de Dora Schilling Thon, CEC, Madrid, 1979 (1.ª ed. alemana, 1950).

— *La unidad del mundo,* Ateneo, Madrid, 1951.

— «Teología política», en *Estudios políticos,* trad. de F. J. Conde, Doncel, Madrid, 1975 (1.ª ed. alemana, 1922).

— *Teoría de la Constitución,* trad. de Francisco Ayala, Alianza, Madrid, 1982 (1.ª ed. alemana, 1928).

— *La defensa de la Constitución,* trad. de Manuel Sánchez Sarto y prólogo de Pedro de Vega, Tecnos, Madrid, 1983 (1.ª ed. alemana, 1929-1931).

— «Un giuirista davanti a se stesso», entrevista a Carl Schmitt, por Fulco Lanchester, en *Quaderni Costituzionali,* 1983, p. 5 ss.

— *Cattolicesimo romano e forma politica. La visibilità della Chiesa. Una riflessione scolastica,* traducción y presentación de Carlo Galli, Giuffrè, Milán, 1986.

— *Positionen und Begriffe im Kampf mit Weimar-Genf-Versailles. 1923-1939,* Duncker und Humblot, Berlín, 1988 (1.ª ed., 1940).

— *Sobre el parlamentarismo,* trad. de Thies Nelsson y Rosa Grueso, estudio preliminar de Manuel Aragón Reyes, Tecnos, Madrid, 1990 (1.ª ed. alemana, 1923).

— *Glossarium. Aufzeichnungen der Jahre 1947-1951,* Duncker und Humblot, Berlín, 1991.

— *Staat, Grossraum, Nomos. Arbeiten aus den Jahren 1916-1969,* Duncker und Humblot, Berlín, 1995.

— *Roman Catholicism and political form,* traducción, introducción y notas de Gary L. Ulmen, Greenwood Press, Westport (Connecticut, EEUU), 1996.

— *El concepto de lo político,* trad. de Rafael Agapito, Alianza, Madrid, 1998 (1.ª ed. alemana, 1928).

TOMMISSEN, Piet «Carl Schmitt —metajuristisch betrachtet: Seine Sonderstellung im katholischen Renouveau des Deutschlands der zwanziger Jahre», *Criticon* (1975), pp. 177 ss.

II. BIBLIOGRAFÍAS SOBRE CARL SCHMITT

BENOIST, Alain de, y MASCHKE, Günther: «Carl Schmitt: una bibliografia», *Futuro Presente,* n.º 3 (1993), pp. 102-116. Se trata de la más completa bibliografía general (comprendiendo no sólo sus publicaciones alemanas, sino también las aparecidas en otros idiomas) *de* Schmitt hasta la fecha de su publicación.

FERNÁNDEZ BARBADILLO, Pedro, y RUIZ MIGUEL, Carlos: «Bibliografía», en Dalmacio Negro Pavón (coord.), *Estudios sobre Carl Schmitt,* Veintiuno, Madrid, 1996, pp. 465-486. Se trata de la bibliografía de títulos publicados en castellano *de* y *sobre* Schmitt más completa hasta la fecha de su publicación.

TOMMISSEN, Piet: «Carl Schmitt Bibliographie», en H. Barion, E. Forsthoff y W. Weber (coords.), *Festschrift für Carl Schmitt zum 70. Geburtstag,* cit., 1959, pp. 273-330. La más completa bibliografía *de* y *sobre* Schmitt hasta entonces.

— «Ergänzungsliste zur Carl Schmitt Bibliographie vom Jahre 1959», en Hans Barion, Ernst W. Böckenförde, Ernst Forsthoff y Werner Weber (coords.), *Epirrhosis. Festgabe für Carl Schmitt,* Duncker und Humblot, Berlín, 1968, t. II, pp. 739-778. Complemento de la bibliografía anterior del mismo autor e igualmente exhaustiva.

— Zweite Fortsetzungsliste der Carl Schmitt Bibliographie vom Jahre 1959", en Piet Tommissen y Julien Freund (coords.), *Miroir de Carl Schmitt,* n.º especial de la *Révue européenne des sciences sociales-Cahiers Vilfredo Pareto* (1978), pp. 187-238. Segundo e igualmente exhaustivo complemento de la bibliografía elaborada por el mismo autor en 1959.

CATOLICISMO
Y FORMA POLÍTICA

Existe una pasión anticatólica. De ella se nutre toda la lucha contra el papismo, el jesuitismo y el clericalismo, que ha dominado varios siglos de la historia europea con una gigantesca movilización de energías religiosas y políticas. No sólo fanáticos sectarios, también generaciones enteras de piadosos protestantes y de cristianos grecoortodoxos han visto en Roma el Anticristo o la ramera babilónica del Apocalipsis. Esta imagen actuó, con su fuerza mítica, más profunda y poderosamente que cualquier cálculo económico. Sus consecuencias perduran: en Gladstone o en los *Pensamientos y recuerdos* de Bismarck se muestra aún un nervioso desasosiego cuando aparecen jesuitas o prelados enigmáticamente intrigantes. Sin embargo, el arsenal emocional o tal vez mítico, si se me permite decirlo, de la *Kulturkampf* y del conjunto de las luchas contra la doctrina sentada en el Concilio Vaticano de 1870, así como el de la doctrina francesa de la separación entre Iglesia y Estado, es inofensivo en comparación con la furia demoníaca de Cromwell. Desde el siglo XVIII la argumentación anticatólica se hará cada vez más racionalista o humanitaria, utilitarista y superficial. Sólo en un ortodoxo ruso, en

Dostoievski, en su descripción del Gran Inquisidor aparece de nuevo el horror anticatólico con esa grandeza secular.

Sin embargo, el miedo ante el incomprensible poder político del Catolicismo siempre persiste en los más diversos niveles y grados. Puedo figurarme perfectamente que un anglosajón protestante sienta todas las antipatías posibles ante la «máquina papal», cuando tiene claro que se trata de un inmenso aparato administrativo jerárquico que pretende controlar la vida religiosa y que es dirigido por personas que, por principio, declinan tener una familia. Es decir, una burocracia célibe. Esto le debe estremecer debido a su propio sentido de la familia y a su aversión frente a cualquier control burocrático. Así y todo, se trata mayormente de un sentimiento no declarado.

La mayor parte de las veces se escucha el reproche, repetido en todo el parlamentario y democrático siglo XIX, de que la política católica no consiste sino en un oportunismo sin límites. De hecho, su elasticidad es asombrosa. Se coliga con corrientes y grupos contradictorios, y mil veces se le ha recriminado con cuán distintos gobiernos y partidos ha formado coaliciones en los distintos países; cómo, según la constelación política del momento, marcha junto a los absolutistas o los monarcómacos; cómo durante la Santa Alianza, después de 1815, fue protectora de la Reacción y enemiga de las libertades liberales, mientras en otros países reclamaba para sí con violenta oposición esas mismas libertades, especialmente la libertad de prensa y la de enseñanza; cómo predica la alianza del Altar y el Trono en las monarquías europeas, mientras en las democracias rurales de los cantones suizos o en Norteamérica se sitúa convencidamente al lado de la democracia. Hombres de gran significación (Montalembert, Tocqueville, Lacordaire) representaban ya un Catolicismo liberal, mientras muchos de sus hermanos en la fe veían aún en el liberalismo al Anticristo o, cuando menos, al precursor del Anticristo; católicos realistas y legitimistas aparecen hombro con hombro junto a católicos protectores de la república; unos católicos son aliados tácticos de un socialismo al que otros católicos toman por el diablo; y algunos incluso negocian neutralmente con los bolcheviques, mientras los representantes burgueses de la santidad de la propiedad privada veían aún en aquellos una banda de delincuentes *hors la loi*. Con todo cambio de la situación política cambian aparentemente todos los principios, excepto uno: el poder del Catolicismo. «Se reclama de los adversarios todas las libertades en nombre de los principios de éstos y se rehúsan éstas a aquéllos en nombre de los propios principios católicos.» ¡Cuán a menudo vemos la imagen presentada por los pacifistas burgueses, socialistas o anarquistas de altos prelados de la Iglesia bendiciendo los cañones de todos los países en guerra; o bien de literatos «neocatólicos» que son en parte monárquicos y en parte comunistas; o finalmente, para hablar de otro tipo de impresiones sociológicas, del Reverendo Padre mimado por cortesanas junto al franciscano irlandés que alienta al obrero huelguista a la perseverancia. Una y otra vez se traerán a la vista parecidas figuras y conexiones contradictorias.

Algo de este polifacetismo y ambigüedad, la doble cara, la cabeza de Jano, lo hermafrodita (como ha llamado Byron a Roma) puede explicarse fácilmente mediante paralelos políticos o sociológicos. Todo partido que tenga una firme cosmovisión puede, en la táctica de la lucha política, formar coaliciones con grupos de diverso tipo. Esto vale tanto para el socialismo convencido, en la medida en que tiene un principio radical, como para el Catolicismo. También el movimiento nacionalista, según la situación de cada país, ha concluido alianzas ya con la monarquía basada en el principio legitimista, ya con la república fundamentada en el democrático. Bajo el punto de vista de una cosmovisión, todas las formas y posibilidades políticas se convierten en simples instrumentos para la realización de la Idea. Por lo demás, lo que parece contradictorio, es sólo consecuencia y epifenómeno de un universalismo político.

Con curiosa unanimidad desde todos los lados se afirma que la Iglesia católica como complejo histórico y como aparato administrativo, constituye la prosecución del universalismo del Imperio romano. Franceses nacionalistas, como el que puede ser considerado su representante característico, Charles Maurras; teóricos germánicos del racismo, como H. St. Chamberlain; profesores alemanes de procedencia liberal como Max Weber; un poeta y profeta paneslavista como Dostoievski; todos fundan sus construcciones sobre esa continuidad entre la Iglesia católica y el Imperio romano. Es propio de todo imperio mundial un cierto relativismo frente a la variopinta multitud de posibles perspectivas, una superioridad desconsiderada hacia las especificidades locales y al mismo tiempo una tolerancia oportunista en cosas que carecen de una significación central. El Imperio mundial romano y el inglés muestran en esto suficientes similitudes. Todo imperialismo que sea algo más que un puro griterío, encierra contradicciones en su seno: conservadurismo y liberalismo, tradición y progreso, incluso militarismo y pacifismo. En la historia de la política inglesa esto podría demostrarse casi en todas las generaciones: desde la oposición entre Burke y Warren Hastings, hasta la existente entre Lloyd George y Churchill o Lord Curzon. Sin embargo, nunca se ha definido la idea política del Catolicismo por referencia a las peculiaridades de su universalismo. Si éste debe mencionarse es sólo porque el sentimiento de miedo ante el aparato administrativo universal explica frecuentemente la justificada reacción de agitaciones nacionales y locales. En el seno del fuertemente centralizado sistema católico, más que en otro lugar, algunos deben sentirse marginados y engañados en su patriotismo nacional. Un irlandés formuló en la amargura de su conciencia nacional céltica el dicho de que Irlanda era sólo «*a pinch of snuff in the Roman snuff-box*» (mejor hubiera podido decir *a chicken the prelate would drop into the caldron which he was boiling for the cosmopolitan restaurant*). Por otra parte, algunas naciones católicas deben una parte fundamental de su fuerza de resistencia nacional al Catolicismo (tiroleses, españoles, polacos, irlandeses) y ciertamente no sólo cuando el opresor era un enemigo de la Iglesia. El cardenal Mercier, de Malinas, así como el obispo Korum, de Tréveris, han representado la dignidad y autoconciencia de su nación, más grandiosa e impresionantemente de lo que lo hicieron el comercio y la industria, y ello ante un adversario que de ningún modo aparecía como enemigo de la Iglesia, sino que, más bien, buscaba una alianza con ella. Estos fenómenos no pueden explicarse con puras argumentaciones políticas o sociológicas sobre la naturaleza del universalismo, lo mismo que aquella pasión anticatólica tampoco puede ser entendida como una reacción nacional o local contra el universalismo y centralismo; y esto es así porque en la historia del mundo todo imperio mundial ha suscitado idénticas reacciones.

Creo que esa pasión anticatólica sería infinitamente más profunda si se comprendiera en toda su extensión en qué medida la Iglesia católica es una *complexio oppositorum*. No parece que haya contraposición alguna que ella no abarque. Desde hace mucho tiempo se gloría de unificar en su seno todas las formas de Estado y de gobierno, de ser una monarquía autocrática cuya cabeza es elegida por la aristocracia de los cardenales, en la que, sin embargo, hay la suficiente democracia para que, sin consideración de clase u origen, como lo formuló Dupanloup, el último pastor de los Abruzos tenga la posibilidad de convertirse en ese soberano autocrático*. Su historia conoce ejemplos de asombrosa adaptación, pero también de rígida intransigencia; de

---

* A través de este circunloquio, creemos que Schmitt se refiere al papa San Celestino V, natural de Isernia, en los Abruzos. Fue papa sólo unos meses, en el año 1294, hasta que dimitió (es el único caso de papa que haya renunciado). Se trataba de un benedictino ermitaño que apenas sabía del mundo, y vivía con una comunidad de anacoretas en los montes Abruzos. Fue elegido papa sorpresivamente, y se mantuvo en el cargo sólo cinco meses, porque se dio cuenta de que no sabía gobernar la Iglesia y era manejado por la Curia. Consultó si podía presentar su renuncia y, afirmada tal posibilidad, lo hizo. A causa de esta irresponsabilidad, Dante le colocó en el «Infierno» en su *Divina Comedia*, lo que no fue óbice para que luego fuese canonizado. *(N. del T.)*

capacidad de resistencia varonil y de flexibilidad femenina; de orgullo y humildad extrañamente mezclados. Es apenas concebible que un riguroso filósofo de la dictadura autoritaria, el diplomático español Donoso Cortés, y que un rebelde como Padraic Pearsem, entregado con bondad franciscana al pobre pueblo irlandés y aliado fervientemente con los sindicalistas, fuesen ambos piadosos católicos. Pero también en lo teológico domina por doquier la *complexio oppositorum*. El Antiguo y el Nuevo Testamento son válidos uno al lado del otro; el «o esto o lo otro» de Marción se contesta aquí también con un «esto y lo otro». En la Doctrina de la Trinidad, al monoteísmo judío y a su absoluta trascendencia se han agregado tantos elementos de una inmanencia de Dios, que también aquí son pensables algunas mediaciones; de esta suerte, ateos franceses y metafísicos alemanes, que redescubrieron el politeísmo en el siglo XIX, han alabado a la Iglesia porque creyeron encontrar en su seno un sano paganismo, precisamente en su veneración por los santos. La tesis fundamental a la cual se pueden reducir todas las teorías de una filosofía anarquista de la sociedad y del Estado, esto es, la oposición entre el hombre «bueno por naturaleza» y el «malo por naturaleza», esta cuestión decisiva para la teoría política, no se halla de ninguna forma contestada en el dogma tridentino con un simple sí o no; antes bien, a diferencia de la teoría protestante de la total corrupción de la naturaleza humana, el dogma habla sólo de una lesión, debilitamiento u oscurecimiento de la naturaleza humana y, en consecuencia, permite en la práctica algunos escalonamientos y acomodaciones. La conexión de los opuestos se extiende hasta las últimas raíces social-psicológicas de los motivos y representaciones humanos. El Papa es llamado «Padre», y la Iglesia es la «Madre» de los creyentes y la «Esposa» de Cristo: maravillosa conexión de lo patriarcalista con lo matriarcalista, que permite a ambas corrientes encauzar hacia Roma los complejos e instintos más primarios: el respeto hacia el padre y el amor hacia la madre (¿alguna vez ha existido una rebelión contra la madre?). Y finalmente lo más importante: esta ambigüedad infinita se vincula nuevamente con el dogmatismo más preciso y una voluntad de decisión, que culmina en la teoría de la infalibilidad papal.

***

Examinada desde la idea política del Catolicismo, la esencia de la *complexio oppositorum* católica radica en una específica superioridad formal sobre la materia de la vida humana como hasta ahora no ha conocido ningún imperio. Se ha conseguido así una configuración sustancial de la realidad histórica y social que, a pesar de su carácter formal, permanece en la existencia concreta, plenamente vital y, sin embargo, racional en el más alto grado. Esta particularidad formal del Catolicismo consiste en la estricta aplicación del principio de la representación, siendo esta especificidad un muy llamativo motivo de contraste con el pensamiento económico-técnico dominante. Sin embargo, previamente hay que prevenirse aún de un malentendido.

Partiendo de una promiscuidad espiritual que busca una hermandad romántica o hegeliana con el Catolicismo, como con muchas otras cosas, alguien pudiera hacer de la *complexio* católica una de sus muchas sín-

tesis de ese tipo y creer con ligereza haber construido
así la esencia del Catolicismo. Era habitual, para los
metafísicos de la filosofía especulativa postkantiana,
concebir la vida orgánica y la espiritual como un proceso en el que hay eternas antítesis y síntesis. A partir
de ahí los papeles podrían ser repartidos a discreción.
Cuando Görres caracteriza al Catolicismo como principio masculino y al protestantismo como femenino,
hace del Catolicismo un simple miembro antitético y
ve la síntesis en un «tercero superior». Es evidente
que, viceversa, también puede aparecer el Catolicismo
convertido en lo femenino y el protestantismo en lo
masculino. Es claro también que los especuladores de
esta clase consideraron ocasionalmente también al
Catolicismo como el «tercero superior». Esto se
encuentra especialmente en los románticos convertidos
al Catolicismo, si bien éstos tampoco renuncian con
agrado a adoctrinar a la Iglesia, que tendría así que
liberarse del jesuitismo y de la Escolástica para conseguir una superioridad «orgánica» a partir, por un lado,
de la esquemática exterioridad de lo Formal y, por otro,
de la invisible interioridad del protestantismo. En esto
consiste el aparentemente típico malentendido. Sin
embargo, tales construcciones son algo más que fanta-
sías vacías. Aunque parezca inverosímil, se trata de
construcciones muy concordes con el espíritu de los
tiempos, pues su estructura espiritual se corresponde a
una realidad. Su punto de partida es objetivamente una
escisión y desunión dadas, una antítesis que necesita
una síntesis, una polaridad que tiene un «punto de indi-
ferencia», un estado de desgarramiento problemático y
la más profunda indecisión que no tiene otro desarro-

llo posible sino negarse a sí misma para, negándose, alcanzar una posición.

Un dualismo radical domina realmente todos los sectores de la época actual; al mismo, en sus diferentes configuraciones, nos referiremos con frecuencia en el ulterior transcurso de esta disertación. Su fundamento genérico es un concepto de la naturaleza que ha encontrado su realización en la tierra transformada hoy por la técnica y la industria. Hoy la naturaleza aparece como el polo opuesto al mundo mecánico de las grandes ciudades, que se hallan sobre la tierra como horribles cubismos con sus construcciones de cristal y piedra y acero. La antítesis de este imperio de la técnica es la naturaleza salvaje, bárbara, no tocada por ninguna civilización, una reserva que «el ser humano no ha hollado con sus congojas». El concepto católico de la naturaleza es ajeno a una tal escisión entre un mundo del trabajo humano, racionalista y tecnificado, y una naturaleza romántico-intacta. Parece que los pueblos católicos tienen una relación con el suelo terrenal distinta a la de los protestantes; quizás por eso, y dado que por contraste con los protestantes son en su mayor parte pueblos agrícolas, no conocen la gran industria. En todo caso, en general, éste es el hecho. ¿Por qué no hay una emigración católica, al menos ninguna de la magnitud de la de los hugonotes o incluso de los puritanos? Ha habido innumerables emigrantes católicos: irlandeses, polacos, italianos, croatas; la mayor parte de los emigrantes tenía que ser católica pues el pueblo católico fue mayormente más pobre que el protestante. Pobreza, necesidad y persecución han expulsado a los emigrantes católicos, pero no perdieron la añoranza de su tierra. En comparación con este expulsado indigente, el hugonote y el puritano tiene una fuerza y un orgullo que a menudo son de una grandeza inhumana: podía vivir en cualquier país. Sin embargo, sería ofrecer una imagen incorrecta decir que echan raíces en cualquier suelo. Puede construir su industria en cualquier sitio, hacer de cada suelo el campo de su actividad y de su «ascética intramundana» y, finalmente, tener un hogar confortable en cualquier lugar: cosas todas en las que señorean la naturaleza y la someten. Su tipo de dominio permanece inaccesible para el concepto de naturaleza católico. Los pueblos católicos parecen amar de otra forma el suelo, la tierra maternal; todos tienen su *terrisme*. Para ellos la naturaleza no significa algo opuesto al arte y a la obra humana, ni tampoco algo contrario a la razón y al sentimiento o al corazón, sino que trabajo humano y crecimiento orgánico, naturaleza y razón son una sola cosa. La viticultura es el símbolo más bello de esta unidad, pero también las ciudades, construidas de modo talmente espiritual que aparecen como productos crecidos naturalmente de la tierra, articuladas con el paisaje, fieles a su tierra. En el concepto de lo «urbano», esencial a las mismas, encontramos una humanidad que siempre permanece inaccesible al mecanismo de precisión de una ciudad industrial. Del mismo modo que el dogma tridentino desconoce el desgarramiento protestante entre naturaleza y gracia, así el Catolicismo tampoco entiende apenas todos esos dualismos entre naturaleza y espíritu, naturaleza y entendimiento, naturaleza y arte, naturaleza y máquina y sus *pathos* cambiantes. La síntesis de tales antítesis permanece ajena al Catolicismo, lo mismo que el contraste entre la Forma vacía y la Materia informe; así, la Iglesia católica es algo distinto de aquel «tercero superior» (por lo demás siempre ausente) de la filosofía alemana de la naturaleza y de la historia. Con la Iglesia no congenia la desesperación de las antítesis ni el orgullo ilusionado de sus síntesis.

Por ello, a un católico debería parecerle una dudosa alabanza el que se deseara convertir a su Iglesia en el polo antitético de la era mecánica. Es una extraña contradicción, que indica nuevamente la llamativa *complexio oppositorum*, que, por una parte, uno de los más fuertes sentimientos protestantes vea en el Catolicismo una degeneración y un abuso del Cristianismo porque automatiza la religión en una Formalidad des-almada, mientras, por otra parte y al mismo tiempo, en medio de la marea romántica, los mismos protestantes se vuelvan a la Iglesia católica buscando en ella la salvación ante la falta de alma de una época racionalista y mecanicista. La Iglesia se habría olvidado a sí misma si se prestase a ser simplemente la polaridad llena de alma frente a lo sin alma. Se habría convertido así en el deseado complemento del capitalismo, en un Instituto higiénico para las heridas provocadas en la lucha por la competencia, en una excursión dominguera o en unas vacaciones estivales para los habitantes de las macrourbes. Por supuesto que la Iglesia realiza una significativa actuación terapéutica, pero la esencia de tal institución no puede consistir sólo en eso. El rousseaunismo y el romanticismo podrían aprovecharse de la Iglesia, como de muchas otras cosas (como de unas inmensas ruinas o de otra antigüedad sobre cuya autenticidad no quepa duda) y podrían, acomodados «en el *fauteil* de las conquistas de 1789», convertir estas cosas también en artículos de consumo para una burguesía relativista.

Muchos católicos, especialmente los alemanes, están aparentemente orgullosos de haber sido descubiertos por los historiadores del arte. Hubiese sido ocioso referirse a su consiguiente alegría de no ser porque un pensador político original y rico en ideas, Georges Sorel, haya buscado la crisis del pensamiento católico en la reciente vinculación de la Iglesia con el irracionalismo. En su opinión, mientras hasta el siglo XVIII la argumentación de la apologética eclesiástica intentaba demostrar racionalmente la fe, nos encontramos que en el siglo XIX las corrientes irracionalistas han favorecido a la Iglesia. Es cierto, de hecho, que en el siglo XIX todos los tipos posibles de oposición contra la Ilustración y el racionalismo, vivificaron al Catolicismo. Las tendencias tradicionalistas, misticistas y románticas lograron muchos conversos. También domina hoy entre los católicos, en la medida en que yo puedo juzgarlo, una intensa insatisfacción con la apologética heredada, que es estimada como una pseudoargumentación y un esquema vacío. Sin embargo, nada de esto afecta a lo esencial, por cuanto identifica racionalismo y pensamiento propio de las ciencias naturales, y no advierte que la argumentación católica se basa en un especial modo de pensar que emplea una lógica jurídica específica para sus demostraciones y que se halla interesado en la dirección normativa de la vida humana social.

***

Prácticamente en cualquier conversación puede observarse cuán profundamente el método de las ciencias naturales y de la técnica domina hoy el pensamiento: como, por ejemplo, en las tradicionales pruebas sobre la existencia de Dios, en donde el Dios que rige el mundo como el rey el Estado, inconscientemente se ha convertido en un motor que mueve la máquina cósmica. La fantasía de los modernos habitantes de las grandes ciudades está repleta hasta el último átomo de representaciones técnicas e industriales y las proyecta en lo cósmico o en lo metafísico. Para esta ingenua mitología mecanicista y matemática, el mundo se transforma en una gigantesca máquina dinamo. Aquí tampoco hay diferencia de clases. La imagen del mundo de los modernos empresarios industriales se parece a la de los proletarios industriales como un gemelo a otro. Por eso se entienden bien entre sí cuando luchan juntos por un pensamiento económico. El socialismo, en la medida en que se ha convertido en la religión de los proletarios industriales de las grandes ciudades, opone al gran mecanismo del mundo capitalista un antimecanismo fantasioso, y el proletariado consciente de clase se ve a sí mismo como el legítimo, esto es, el adecuado señor de este aparato, y contempla la propiedad privada del empresario capitalista como un residuo inadecuado de una época técnicamente anticuada. El gran empresario no tiene un ideal distinto al de Lenin, esto es, una «tierra electrificada». Ambos sólo disputan realmente acerca del mejor método de electrificación. Los financieros americanos y los bolcheviques rusos se encuentran juntos en la lucha por un pensamiento económico, es decir, en la lucha contra los políticos y los juristas. De esta alianza también forma parte Georges Sorel, y es aquí, en el pensamiento económico, donde reside la oposición esencial de nuestro tiempo contra la idea política del Catolicismo.

La idea política del Catolicismo contradice todo lo que el pensamiento económico siente como su objetividad, su integridad y su racionalidad. El racionalismo de la Iglesia abarca moralmente la naturaleza psicológica y sociológica del ser humano y no afecta (como sí lo hacen la industria y la técnica) al dominio y aprovechamiento de la materia. La Iglesia tiene su racionalidad específica. Es conocida la frase de Renan: *toute victoire de Rome est une victoire de la raison.* En la lucha contra el fanatismo sectario siempre estuvo al lado del entendimiento humano sano; a lo largo de toda la Edad Media reprimió, como Duhem ha demostrado, la susperstición y la magia. El propio Max Weber declara que el racionalismo romano sobrevive en la Iglesia porque ésta supo vencer de forma grandiosa a los cultos dionisíacos de la ebriedad, a los éxtasis y a las disoluciones en la contemplación. Este racionalismo radica en lo institucional y es esencialmente jurídico; su gran mérito consiste en que hace del sacerdocio un oficio, pero, también aquí, de un tipo especial. El Papa no es un profeta, sino el representante de Cristo. Todo el salvaje fanatismo desbocado del profetismo quedará alejado mediante esta formalización. De este modo, dado que el oficio se hace independiente del carisma, el sacerdote recibe una dignidad que aparece totalmente abstraída de su persona concreta. A pesar de ello, no es el funcionario o el comisario del pensamiento republicano y su dignidad no es tan impersonal como la del funcionario moderno, sino que su oficio se liga, en una cadena ininterrumpida, al encargo personal y a la persona de Cristo. Ésta es ciertamente la más asombrosa *complexio oppositorum*. En estas distinciones radica la fuerza creativa racional y, a la vez, la humanidad del Catolicismo. Permanece en lo humano-espiritual; sin sacar a la luz la oscuridad irracional del alma humana, le da una dirección. No da, como hace el racionalismo económico-técnico, recetas para manipular la materia.

El racionalismo económico está tan alejado de lo católico que hace que se suscite contra él un específico miedo católico. La técnica moderna se convierte fácilmente en servidora de cualesquiera necesidades. En la economía moderna, a una producción externa racionalizada se corresponde un consumo totalmente irracional. Un milagroso mecanismo racional sirve a cualquier demanda, siempre con la misma seriedad y la misma precisión, ya consista esa demanda en camisas de seda, gases venenosos o cualquier otra cosa. El racionalismo del pensamiento económico se ha acostumbrado así a contar con ciertas necesidades y a ver sólo lo que puede «satisfacer». En la macrourbe moderna ha erigido un tipo de edificio en el que todo es calculable. Este sistema de objetividad imperturbable puede horrorizar a un católico piadoso y precisamente por su racionalidad. Hoy se puede decir que quizás son mayoría los católicos para los que la imagen del Anticristo aún está viva, y, cuando Sorel ve la prueba de la energía vital en la capacidad de crear tales «mitos», no hace justicia al Catolicismo al suponer que los católicos ya no creen en su propia escatología y que ninguno de ellos espera en el juicio final. Esto es realmente inexacto, aunque ya De Maistre, en las *Soirées de Saint-Petesbourg,* hace decir al senador ruso algo parecido. En un español como

Donoso Cortés, en católicos franceses como Louis Veui-
llot o Léon Bloy, o en un converso inglés como Robert
Hugh Benson, la espera del juicio final se halla tan viva
como lo estaba para cualquier protestante del siglo XVI o
XVII de los que veían en Roma al Anticristo. No obstante, debe advertirse que el propio aparato técnico-econó-
mico moderno despierta tal horror y espanto para una
sensibilidad católica ampliamente extendida.

El auténtico miedo católico procede de saber que el
concepto de lo racional se tergiversa de una manera fan-
tástica para el sentimiento católico, porque se llama
«racional» a un mecanismo de producción que se halla
al servicio de la satisfacción de cualesquiera necesidades materiales, sin que se pregunte por la única racionalidad esencial, la de los fines, que es para los que se dis-
pone el supremo mecanismo racional. El pensamiento
económico no puede percibir en absoluto este miedo
católico: está conforme con todo, si puede facilitarse
con sus medios técnicos. No sabe nada de una pasión
anticatólica, ni del Anticristo ni del Apocalipsis. Para él,
la Iglesia es un extraño fenómeno, no más extraño que
otras cosas «irracionales». Hay personas que tienen
necesidades religiosas: en ese caso, se trata de satisfacer
esas necesidades. Esto no resulta más irracional que
algunos absurdos caprichos de la moda que también
deben ser satisfechos. Cuando las inextinguibles lámpa-
ras de todos los altares católicos sean alimentadas por la
misma central eléctrica que suministra energía a los tea-
tros y salas de baile de la ciudad, el Catolicismo se habrá
convertido para el pensamiento económico en una cosa
comprensible y evidente (lógica, pero también intuitiva-
mente).

Este pensamiento tiene su propia respetabilidad y honorabilidad en tanto que es absolutamente objetivo, esto es, fiel a las cosas. Lo político no es objetivo para él, puesto que debe estar llamado a considerar valores distintos de los económicos. El Catolicismo, sin embargo, es político en un sentido eminente, a diferencia de esta objetividad absolutamente económica. Ahora bien, aquí «político» no significa precisamente el manejo y dominio de determinados factores de poder sociales e internacionales, como pretende el concepto maquiavélico de lo político, que hace del mismo una mera técnica, en la medida en que aísla un único momento (el externo) de la vida política. La mecánica política tiene sus propias leyes, que se hacen extensivas al Catolicismo, como a cualquier otra magnitud histórica implicada en la política. Puesto que desde el siglo XVI el «aparato» de la Iglesia se ha petrificado, puesto que (a pesar del romanticismo o quizás para mantenerlo inofensivo) es una organización y una burocracia más centralizada de lo que lo estaba en la época medieval, todo esto (que sociológicamente se caracteriza como «jesuitismo») no sólo se explica por la lucha contra los protestantes, sino también por la reacción contra el mecanismo de la época. El príncipe absoluto y su «mercantilismo» fueron quienes allanaron el camino del moderno tipo de pensamiento económico y de una situación política que se encuentra en un punto indiferenciado entre la dictadura y la anarquía. Junto a la imagen mecánica de la naturaleza del siglo XVII se desarrolla un aparato de poder estatal, así como la frecuentemente descrita «objetivación» de todas las relaciones sociales; es en este *milieu* en el que la organización eclesiástica se hará cada vez más inmóvil y rígida, como un carro blindado. En sí mismo esto no constituye una prueba de debilidad y senilidad; la cuestión radica en si aún pervive alguna idea en la Iglesia. Ningún sistema político puede perdurar una sola generación valiéndose simplemente de la técnica del mantenimiento del poder. La Idea es parte de lo Político, porque no hay política sin autoridad y no hay autoridad sin un *Ethos* de la convicción.

A partir de la pretensión de ser algo más que lo económico, en lo político surge la necesidad de fundamentarse en otras categorías distintas de la producción y el consumo. Especialmente en la medida en que el empresario capitalista y el proletario socialista por igual (para decirlo otra vez) consideran la pretensión de lo político como una arrogancia, y en que fundados en su pensamiento económico estiman que el dominio de la política no es «objetivo». Esto significa, desde una visión política consecuente, que determinadas agrupaciones sociales de poder (poderosos empresarios privados o el conjunto organizado de los trabajadores de determinadas empresas o sectores industriales) utilizan su posición en el proceso productivo para conseguir el poder estatal. Cuando éstos se vuelven contra los políticos o la política como tal, en realidad aluden a un poder político concreto que provisionalmente se interpone en su camino. Una vez que se consigue dejar de lado a ese poder político, también pierde su interés la construcción de la antítesis entre pensamiento económico y político, y nace un nuevo tipo de política al servicio del nuevo poder establecido sobre una base económica. Pero lo que ellos pongan en marcha también será política, esto es, la promoción de un tipo específico de validez y autoridad: invocarán su absoluta necesidad social, la *salut public*, y así se encuentran ya en el terreno de la Idea.

Ninguna de las grandes antítesis sociales puede disolverse en lo económico. Cuando el empresario les dice a los trabajadores: «os alimento», los trabajadores le responden: «te alimentamos», y esto no es una lucha por la producción y el consumo, no es el ámbito de lo económico, sino que surge de un distinto *Pathos* o convicción moral o jurídica. La cuestión de quién es verdaderamente el productor, el creador y, en consecuencia, el dueño de la riqueza moderna, exige una imputación de carácter moral o jurídico. Tan pronto como la producción sea totalmente anónima y un velo de sociedades anónimas y otras personas «jurídicas» haga imposible la imputación a personas concretas, la propiedad privada de los que no sean capitalistas debe ser extirpada como un apéndice inexplicable. Esto será así, aunque hoy existan algunos empresarios que saben hacerse respetar con el argumento de que son personalmente imprescindibles.

***

El Catolicismo será difícilmente tomado en consideración en una lucha como esa en la que ambos partidos piensan económicamente. El poder del Catolicismo no reside en la posesión de medios económicos, aunque la Iglesia pueda poseer fincas o «participaciones accionariales». Éstas son inocuas e idílicas en comparación con los grandes intereses industriales en las materias primas y en los grandes mercados. La posesión de los pozos de petróleo de la tierra quizá pueda decidir la lucha por el dominio mundial, pero en esa lucha no participará el vicario de Cristo en la Tierra. El Papa es el soberano del Estado pontificio: ¿qué significa esto en el griterío de la economía mundial y de los imperialismos?

El poder político del Catolicismo no reside en los medios de poder económicos o militares. Independientemente de éstos, la Iglesia posee ese *Pathos* de la autoridad en toda su pureza. También la Iglesia es una «persona jurídica», pero es algo distinto que una sociedad anónima. Esta última, el producto típico de la era de la producción, es un modo de cálculo, pero la Iglesia es una representación personal y concreta de una personalidad concreta. Cualquiera que la conozca añadirá que además es la portadora, en la mayor escala imaginable, del espíritu jurídico y la verdadera heredera de la jurisprudencia romana. En esa capacidad que tiene para la Forma jurídica radica uno de sus secretos sociológicos. Pero tiene energía para adoptar esta Forma o cualquier otra porque tiene la fuerza de la representación. Representa la *civitas humana*, representa en cada momento el nexo histórico con la encarnación y crucifixión de Cristo, representa al propio Cristo, personalmente, al Dios hecho Hombre en la realidad histórica. En su capacidad representativa radica su ventaja sobre una era de pensamiento económico.

La Iglesia es hoy el último y solitario ejemplo de la capacidad medieval para formar figuras representativas (el Papa, el Emperador, el Monje, el Caballero, el Mercader); de las cuatro últimas columnas que en cierta ocasión enumeró un académico (la Cámara Alta inglesa, el estado mayor prusiano, la Academia francesa y el Vaticano) el Vaticano es sin duda la última; la Iglesia está tan sola que quien ve en ella sólo una Forma exterior, puede decir con ironía epigramática que sólo representa la representación. El siglo XVIII aún ofrecía algunas figuras clásicas, como el *Législateur*; incluso la diosa de la razón nos parece representativa cuando pensamos en la esterilidad del siglo XIX. Para comprobar en qué gran medida se ha agotado la capacidad representativa, basta con recordar el intento de oponer la Iglesia Católica a una empresa competitiva diseñada según el espíritu científico: Auguste Comte quería fundar una iglesia «positivista». Lo que surgió de sus esfuerzos fue una penosa imitación. Sólo podemos admirarnos de la noble intención de este hombre, pues incluso su imitación resulta grandiosa en comparación con otros intentos parecidos. Este grandísimo sociólogo había reconocido los tipos representativos de la Edad Media, el clérigo y el caballero, y los había comparado con los tipos de la sociedad moderna, el intelectual y el comerciante industrial. Sin embargo, fue un error considerar al intelectual moderno y al comerciante moderno como tipos representativos. El intelectual sólo fue representativo en un momento de transición, en lucha contra la Iglesia, y el comerciante sólo fue una magnitud espiritual en tanto individualista puritano. Desde que funciona la máquina de la vida económica moderna, ambos se han convertido cada vez más en servidores de la gran máquina y es difícil decir lo que realmente representan.

Ya no hay estamentos. La burguesía francesa del siglo XVIII, el tercer estado, había dicho de sí misma que era «la Nación». La famosa expresión «*le tiers État c'est la Nation*» fue más profundamente revolucionaria de lo que parecía, puesto que, cuando un único estamento se identificó con toda la Nación, abolió la propia idea de estamento que, por definición, presupone una pluralidad de estamentos para que exista un determinado orden social. A partir de ahí la sociedad burguesa fue incapaz de ninguna representación y se arrodilló ante el destino del dualismo universal, que se repite por doquier en esta época, lo que significa que desarrolla sus «polaridades»: por un lado, el burgués; por otro, el bohemio que no representa nada o, como mucho, a sí mismo. La respuesta consecuente fue el concepto de clase del proletariado. Agrupaba a la sociedad objetivamente, según la posición en el proceso productivo, y por ello se corresponde con el pensamiento económico. Así se demuestra que es propio de este tipo de pensamiento renunciar a toda representación. El intelectual y el comerciante se han convertido en proveedores o en dirigentes. El comerciante se sienta en su oficina y el intelectual en su despacho o en su laboratorio. Los dos, si realmente son modernos, sirven a una empresa. Los dos son anónimos. Es absurdo pretender que representen algo. O bien son sujetos privados o bien son exponentes, pero no representantes.

El pensamiento económico sólo conoce un tipo de Forma, que es justamente la precisión técnica, y resulta lo más alejado de la idea representativa. Lo económico en su conexión con lo técnico (la íntima diferencia entre ambos se tratará más adelante) pretende una presencia real de las cosas. Las imágenes que se corresponden con él, como «reflejo», «irradiación» o «espejismo» se refieren a una conexión material, a distintos estados de agregación de la propia materia. Con tales imágenes se explica el ideal, incorporándole la misma materialidad. Según la famosa concepción «económica» de la historia, las opiniones políticas o religiosas, por ejemplo, son el «reflejo» ideológico de relaciones de producción, lo cual no significa otra cosa (cuando se maneja esta teoría en sus propios términos) sino que en la jerarquía social de esta concepción los productores económicos deben hallarse por encima de los «intelectuales»; y ello explica que en los debates psicológicos se escuche con gusto el término «proyección». Metáforas como proyección, reflejo, espejismo, irradiación o transferencia, denotan una búsqueda de la base objetiva «inmanente».

Muy al contrario, la idea de representación (*Repräsentation*) se halla tan dominada por el pensamiento de una autoridad personal que tanto el representante como el representado deben afirmar una dignidad personal: no se trata, por tanto, de un concepto cosificado. En un sentido eminente, sólo una persona puede representar, y ciertamente (a diferencia de lo que ocurre con la simple representación privada –*Stellvertretung*–) sólo pueden hacerlo una persona que goce de autoridad o una idea que, en la medida en que sea representada, quede personificada. Dios, o en la ideología democrática el Pueblo, o ideas abstractas como la Libertad y la Igualdad, son contenidos susceptibles de representación, pero no la Producción o el Consumo. La representación otorga a la persona del representante una dignidad propia, porque el representante de un valor importante no puede ser alguien privado de valor. Pero no sólo el representante y el representado reclaman un valor, sino que incluso también lo reclama el destinatario, el tercero al que se dirigen. No cabe representar ante autómatas y máquinas, del mismo modo que ellos tampoco pueden representar y ser representados, y así cuando el Estado se convierte en Leviatán desaparece del mundo de las representaciones. Este mundo de las representaciones tiene su propia jerarquía de valores y su humanidad. En él vive la idea política del Catolicismo y su energía para generar una triple gran Forma: una Forma estética de lo artístico, una Forma jurídica del Derecho y, finalmente, una Forma de poder histórico-universal de brillo deslumbrante.

En una época receptiva para el gusto artístico lo más llamativo resultan ser las postrimerías del crecimiento natural y del histórico, las últimas flores y adornos, precisamente, la belleza estética de la Forma. De la gran representación se desprenden por sí mismos Forma, Figura y Símbolo visible. La antimetaforicidad irrepresentable de la fábrica moderna toma sus símbolos de otra época, porque la máquina no tiene tradición y es tan escasamente metafórica que incluso la República Soviética rusa no encontró otro símbolo para su escudo que la hoz y el martillo, que corresponden al estado de la técnica de hace mil años, pero no expresan el mundo del proletariado industrial. Se puede ver satíricamente este escudo como una alusión al hecho de que la propiedad privada de los campesinos económicamente reaccionarios ha vencido sobre el comunismo de los trabajadores industriales, y de que la modesta economía agraria se ha impuesto sobre la gran fábrica automatizada técnicamente perfecta. A pesar de todo ello, sin embargo, esta simbología primitiva tiene algo de lo que carece la técnica de maquinaria más desarrollada, algo humano, y ese algo es el lenguaje. No debemos maravillarnos de que en la Era de lo Económico las cosas externas bellas sean las primeras en llamar la atención, pues a esta Era le falta el Todo. Ciertamente, también en lo estético esta

Era es habitualmente superficial, puesto que la capacidad para la Forma, de la que aquí se trata, tiene su núcleo en la capacidad para crear el lenguaje de una gran retórica. No debemos considerar aquí los ropajes de los cardenales que asombran a los esnobs o la pompa de una hermosa procesión con todo lo que de belleza poética pueda tener. Tampoco la gran arquitectura, la pintura y la música religiosas o significativas obras poéticas constituyen el criterio acerca de la capacidad para la Forma de la que se habla aquí. Existe hoy, sin discusión, una separación entre la Iglesia y el arte creativo. Uno de los pocos grandes poetas católicos de las últimas generaciones, Francis Thompson, lo ha declarado en su espléndido ensayo sobre Shelley: la Iglesia, que antes fue madre de los poetas no menos que de los santos, no menos madre de Dante que de Santo Domingo, ahora custodia la gloria de la santidad para sí y ha abandonado el arte a los extraños: «*the separation has been ill for poetry; it has not been well for religion*». Es cierto, y nadie podría haberlo dicho mejor y de modo más bello: la situación actual no es buena para la religión, pero para la Iglesia no es una enfermedad mortal.

Antes al contrario, la energía que genera la palabra y el discurso, la retórica en su mejor sentido, es un signo de la vida humana. Es posible que sea peligroso hablar hoy así. El desconocimiento de la retórica es uno de los resultados de ese dualismo polarizado de la época que se expresa aquí, por un lado, en una música exageradamente centrada en el canto y, por otro, en una muda objetividad, y que además pretende convertir el arte «auténtico» en algo romántico-musical-irracional. Se sabe que existe una estrecha conexión de lo retórico con el «*esprit classique*», y uno de los grandes méritos de Taine estriba en haberlo reconocido y descrito. Taine acabó con el concepto vivo de lo clásico al convertirlo en antítesis de lo romántico y, realmente sin estar muy convencido de ello, se esforzó en identificar lo clásico con lo retórico y lo que ello, a su juicio, conlleva: artificiosidad, simetría vacua y aderezada insensibilidad. ¡Todo un juego de dados de la antítesis! En la contraposición entre el racionalismo y algo un tanto «irracional», lo clásico iba a ser atribuido a lo racionalista y lo romántico a lo irracionalista, quedando lo retórico en el terreno de lo clásico-racional. Y, sin embargo, lo decisivo es el discurso «in-discutible» o «i-razonable», es decir, el discurso representativo, si se le puede llamar así. Un discurso que se mueve en antítesis, pero sin que haya contradicciones, puesto que es la existencia de distintos elementos que conforman una *complexio* lo que da vida al discurso. ¿Puede comprenderse a Bossuet con las categorías de Taine? Porque Bossuet tiene más inteligencia que muchos racionalistas y más fuerza intuitiva que todos los románticos y, sin embargo, su discurso sólo es posible si existen unos presupuestos de imponente autoridad. Se mueve en su propia arquitectura sin caer en un diálogo, en un *Diktat*, o en una dialéctica. Su gran elocuencia es más que música, es una dignidad humana que se hace visible en la racionalidad del lenguaje que se forma a sí mismo. Todo esto presupone una jerarquía, pues la resonancia espiritual de la gran retórica proviene de la creencia en la representación que exige el orador. En Bossuet se muestra que el sacerdote tiene su papel en la historia mundial junto al soldado y al estadista: el sacerdote puede estar al lado de éstos como figura representativa porque estos mismos son figuras de ese tipo; pero no puede estar al lado del comerciante y del técnico, que piensan económicamente y que sólo le dan limosnas y cambian su representación por una decoración.

Una fusión de la Iglesia católica con la forma actual del industrialismo capitalista es imposible. A la unión del Trono y el Altar no le va a seguir ni la del Despacho y el Altar ni la de la Fábrica y el Altar. Ciertamente, puede haber imprevisibles consecuencias en el momento en que el clero católico europeo deje de reclutarse mayoritariamente entre la población rural, y la masa de los clérigos se nutra de habitantes de las grandes ciudades; pero aquella imposibilidad antes referida no cambiará. Seguirá siendo cierto que el Catolicismo se acomoda a cualquier orden social o político, incluso a aquel dominado por las empresas capitalistas o los sindicatos o los soviets de fábrica. El Catolicismo sólo puede acomodarse cuando el poder basado en la situación económica se convierta en poder político, es decir, cuando los capitalistas o los trabajadores que consigan el poder asuman de cualquier forma la representación del Estado con su consiguiente responsabilidad. En ese momento, el nuevo dominio se verá obligado a dar validez a una situación que debe ser distinta de la meramente económica o jurídico-privada; el nuevo ordenamiento no puede agotarse en el centro de producción y en los procesos de consumo, porque ese ordenamiento tiene que ser formal, pues todo ordenamiento es un ordenamiento jurídico, como todo Estado es un Estado jurídico o de Derecho. Tan pronto como suceda esto, la Iglesia puede relacionarse con ese ordenamiento, como lo ha hecho con cualquier otro; para esto no está en absoluto necesitada de que en los Estados la nobleza propietaria o el campesinado sean la clase dominante. Lo que necesita es una forma estatal, porque de lo contrario no existe nada que pueda corresponderse a su posición esencialmente representativa. El dominio del «Capital» ejercido entre bastidores no constituye una Forma, aunque bien puede socavar una Forma política existente y dejarla en mera fachada. Si consigue esto y «despolitiza» totalmente el Estado, si consiguiera hacer realidad el pensamiento económico su objetivo utópico estableciendo una situación totalmente impolítica de la sociedad humana, la Iglesia se erigiría en la única portadora del pensamiento político y de la Forma política, tendría un colosal monopolio y su jerarquía estaría más cerca incluso que en la Edad Media de llegar al dominio político mundial. De acuerdo con su propia teoría y su estructura ideal, la Iglesia no debería desear una situación así, porque presupone junto a sí al Estado político, una *societas perfecta* y no un consorcio de intereses. Desea vivir con el Estado en una específica comunidad en la que dos representaciones se contraponen como interlocutoras.

Se puede observar cómo desaparece la comprensión de cualquier tipo de representación a la par que se extiende el pensamiento económico. Ciertamente el parlamentarismo actual contiene, al menos en sus fundamentos ideales y teóricos, el pensamiento de la representación que descansa en el llamado técnicamente «principio representativo». En la medida en que con ello no se expresa sino una representación (*Vertretung*) de los individuos electores, este principio no tendría nada de particular. En la literatura política y jurídico-política de los últimos siglos, con esta expresión se alude a una representación popular (*Volksvertretung*), una representación del pueblo (*Repräsentation des Volkes*) enfrentada a otro representante, el rey; sin embargo, ambas representaciones (o, si existe una Constitución republicana, sólo la del Parlamento) representan a «la Nación». De ahí que se diga de la Iglesia que no tiene «ninguna institución representativa» porque carece de Parlamento y porque sus representantes no derivan su poder del pueblo: en consecuencia, la Iglesia extrae su representación «de lo alto». La ciencia del Derecho perdió el sentido y el concepto específico de representación (*Repräsentation*) a lo largo del siglo XIX, en la lucha entre la representación popular (*Volksvertretung*) y la monarquía. Especialmente la teoría alemana del Estado ha desarrollado una mitología doctrinal que resulta a la vez monstruosa y complicada: el Parlamento, como órgano estatal secundario, representa a otro órgano, primario (el Pueblo), pero este órgano primario carece de cualquier voluntad que no sea la del órgano secundario en la medida en que no le esté «especialmente reservada» la posibilidad de tener voluntad propia; ambas personas son sólo una y forman dos órganos pero una única persona; y así se podría seguir. Sobre esto basta leer el curioso capítulo de la *Teoría General del Estado* de Georg Jellinek sobre «representación y órganos representativos». El escueto sentido del principio representativo estriba en que los diputados son representantes (*Vertreter*) de todo el pueblo y por ello poseen una específica dignidad frente a los electores, pero ello sin que su dignidad deje de derivarse del pueblo (y no de los electores individuales). Se dice que «el diputado no está ligado por mandato u orden y sólo es responsable ante su conciencia». La personificación del pueblo y la unidad del Parlamento en cuanto es su representante (*Repräsentanten*) significan que al menos existe la idea de una *complexio oppositorum*, esto es, reducción de la multiplicidad de intereses y partidos a una unidad, que está pensada representativa y no económicamente.

El sistema proletario de soviets, por su parte, pretende acabar con este rudimento de una época de pensamiento no económico y por ello subraya que los delegados sólo son enviados y agentes, mandatarios de los productores que pueden ser revocados en cualquier momento, ligados por un *mandat impératif*, en definitiva, servidores administrativos del proceso productivo. El «Todo» del Pueblo sólo es una idea; pero el «Todo» del proceso económico es algo real. Resulta verdaderamente impresionante la coherencia espiritual de los anti-espiritualistas, con la que los jóvenes bolcheviques, aprovechando la marea del socialismo, convirtieron la lucha por el pensamiento económico-técnico en una lucha contra la Idea, contra cualquier Idea. En la medida en que quede un resto de Idea, también domina la opinión de que algo preexiste a la realidad dada de lo material, de que hay algo trascendente, lo cual significa siempre que existe una autoridad que proviene de lo alto. Esto aparece como una intromisión externa, una perturbación en el automatismo de la máquina, para un pensamiento que quiera derivar sus normas de la inmanencia de lo económico-técnico; por eso, una persona inteligente con instinto político, y que luche contra los políticos, inmediatamente divisa en la apelación a la idea la pretensión de la representación y, con ella, de la autoridad. Esta presunción de representación y autoridad, sin embargo, no se encuentra en la ausencia proletaria de Forma, ni en la masa compacta de la realidad «corporeizada» en las cuales las personas no necesitan ningún tipo de gobierno y «las cosas se gobiernan por sí mismas».

***

Frente a las consecuencias del pensamiento económico, la Forma política y la Forma jurídica son igualmente accesorias y molestas, pero sólo donde se dio la paradoja de que hubiera fanáticos de este pensamiento (lo que sólo es posible en Rusia) se revela la profunda enemistad del pensamiento económico contra la Idea y contra todos los intelectos que no sean económicos o técnicos. Sociológicamente esto muestra el auténtico instinto de la revolución. La inteligencia y el racionalismo no son revolucionarios en sí mismos, sólo lo es el pensamiento técnico, ajeno a todas las tradiciones sociales: la máquina no posee tradición. Una de las intuiciones de Karl Marx sociológicamente más fecundas es haber dado a conocer que la técnica es realmente el principio revolucionario, y a su lado todas las revoluciones basadas en el Derecho natural resultan arcaicas niñerías. En consecuencia, una sociedad construida sólo sobre el progreso técnico no puede ser sino revolucionaria; pero una sociedad así pronto se habría aniquilado a sí misma y a su técnica. La razón de ello es que el pensamiento económico no es tan absolutamente radical y puede entrar en oposición con el tecnicismo absoluto, a pesar de su actual vinculación con él, pues a lo económico corresponden ciertos conceptos jurídicos como posesión o contrato. Ahora bien, este pensamiento limita estos conceptos al mínimo y, ante todo, a lo jurídico-privado.

Sólo a la luz de esta conexión puede encontrar sentido la palmaria contradicción entre el fin (hacer de lo económico el principio social) y los esfuerzos por mantener el Derecho privado, especialmente la propiedad privada. A este respecto no deja de ser interesante que la tendencia jurídico-privada de lo económico signifique una limitación para crear formas jurídicas. Se espera que la vida pública se rija por sí misma; debe gobernarse por medio de la opinión pública de los ciudadanos, es decir, por sujetos privados; a su vez, la opinión pública se halla dominada por la prensa existente en régimen de propiedad privada. Nada resulta representativo en este sistema; todo son asuntos privados. Históricamente considerada, la «privatización» empieza por el Fundamento, por la religión. El primer derecho individual, en el sentido del ordenamiento social burgués, fue la libertad religiosa; ésta constituye el comienzo y el principio motriz en el desarrollo histórico del catálogo de derechos de libertad (libertad de conciencia y de pensamiento, libertad de asociación y de reunión, libertad de prensa, libertad de comercio y de industria). Sin embargo, allí donde se introduce la religión, se muestra su eficacia absorbente y absolutizadora, y cuando lo religioso es lo privado se produce la consecuencia de que lo privado se santifica en religioso: ambos resultan inseparables. La propiedad privada es también sagrada, precisamente porque es un asunto privado. Esta conexión de la que hasta ahora apenas se tenía conciencia explica el desarrollo sociológico de la sociedad europea moderna. También en ella hay una religión, precisamente de lo privado; sin ella, el edificio de este orden social habría sucumbido. El hecho de que la religión sea un asunto privado otorga a lo privado una sanción religiosa, de suerte que sólo allí donde la religión es un asunto privado existe una garantía de la absoluta propiedad privada frente a posibles riesgos. Y eso es así en cualquier lugar y contexto: cuando en el «Programa de Erfurt» de la socialdemocracia alemana aparece la afirmación frecuentemente citada de que la religión es un asunto privado, nos encontramos con una interesante desviación hacia el liberalismo. El teólogo de este programa, Karl Kautsky (en un escrito de 1906 sobre la Iglesia católica y el cristianismo), hace la corrección, tan sintomática en su inocua accidentalidad, de que la religión, más que un asunto privado, es sólo un asunto del corazón.

En contraposición con la fundamentación liberal de lo privado, la Formalización jurídica de la Iglesia católica es publicística. También esto es una consecuencia de su esencia representativa y le hace posible aprehender lo religioso con criterios jurídicos. Por eso, un noble protestante, Rudolf Sohm, pudo definir a la Iglesia católica como algo esencialmente jurídico, mientras a la vez consideraba la religiosidad cristiana como algo esencialmente ajurídico. La penetración de elementos jurídicos tiene, de hecho, un alcance insospechado, y algunos de los comportamientos políticos del Catolicismo aparentemente contradictorios (y que a menudo han servido para lanzar reproches a la Iglesia) tienen su explicación en la singularidad formal o jurídica que posee esta religión. También la ciencia del Derecho mundana muestra en la realidad social una cierta *complexio* de intereses y tendencias contrapuestos. También en ella, como en el Catolicismo, existe una peculiar mixtura entre, por un lado, la capacidad para sostener el conservadurismo tradicional y, por otro, la resistencia revolucionaria fundada en argumentos iusnaturalistas. En cada movimiento revolucionario se puede comprobar cómo, por un lado, los juristas (los «teólogos del orden establecido») son vistos como destacados enemigos y, por otro, también existen juristas a favor de la revolución a la que proporcionan un *Pathos* de Derecho oprimido y humillado. Sobre la base de su superioridad formal, la ciencia del Derecho, igual que el Catolicismo, puede fácilmente admitir un comportamiento similar frente a las cambiantes formas políticas, y relacionarse de forma positiva frente a distintos complejos de poder, con el único presupuesto de que basta un mínimo de Forma, que «exista un ordenamiento constituido». Tan pronto como la nueva situación permite reconocer una autoridad, se ofrece suelo abonado para una ciencia del Derecho, un fundamento concreto para una Forma sustancial.

Sin embargo, a pesar de esta afinidad formal, el Catolicismo va más allá porque representa algo distinto y superior a lo que representa la ciencia del Derecho mundana, a saber, no sólo la idea de justicia, sino también la persona de Cristo. De ahí procede su pretensión de poseer su propio poder y su propia honorabilidad. El Catolicismo puede relacionarse de igual a igual con el Estado y, en consecuencia, puede crear nuevo Derecho; sin embargo, la ciencia del Derecho sólo proporciona una lectura de un Derecho ya vigente. Dentro del Estado, la colectividad nacional proporciona al juez la ley que éste debe aplicar; así, entre la idea de la justicia y el caso individual se ensambla una norma más o menos formalizada.

***

Un tribunal internacional de justicia que fuese independiente, es decir, que sólo estuviera ligado a principios jurídicos y no a instrucciones políticas, se hallaría en más estrecho contacto con la idea de justicia. A diferencia de un tribunal estatal, un tribunal internacional, debido a su desvinculación respecto a los diferentes Estados, podría enfrentarse a un Estado con el argumento de que por sí mismo representa algo, más en concreto, la idea de justicia independiente de los gustos o conveniencias de cada Estado. Su autoridad residiría, por tanto, en la representación inmediata de esa idea y no en la delegación de los diferentes Estados, incluso aunque la existencia de ese tribunal internacional se debiera a un convenio entre diversos Estados. Este tribunal debería, consecuentemente, aparecer como una instancia originaria y, por ello, universal. La anterior sería la conclusión natural de la consistencia lógica de esta tesis; psicológicamente, lo antedicho no sería sino una consecuencia de la posición originaria de poder de tal tribunal, basada precisamente en su capacidad originaria de crear Derecho.

Son fáciles de entender los alegatos que formularían los publicistas de los Estados poderosos contra tal tribunal: todos se fundarían en el concepto de soberanía. El poder de decidir quién es soberano, implicaría una nueva soberanía, y un tribunal que dispusiera de tales competencias sería un Supraestado y un Suprasoberano y podría crear por sí mismo un nuevo ordenamiento cuando, por ejemplo, tuviera que decidir sobre el reconocimiento de un nuevo Estado. Sin embargo, tales pretensiones son propias de una Sociedad de Naciones, no de un tribunal. De ese modo, ese tribunal se convertiría en un sujeto autónomo lo que implica que, junto a su función jurisdiccional y a su propia administración y todo lo que esto conlleva (quizás una autonomía financiera, un Derecho presupuestario propio y otras formalidades), para sí mismo significa algo. Su actividad no se limitaría ya a la aplicación de determinadas normas jurídicas vigentes, tal y como hace un tribunal ordinario, que es un poder del Estado; ese tribunal internacional también sería algo más que un juez arbitral, pues tendría en todos los conflictos decisivos un interés propio en afirmarse a sí mismo; en consecuencia, ya no haría valer exclusivamente la justicia, entendida políticamente como el *statu quo*. Dicho tribunal, cuando estableciese como principio básico de su hacer la situación política continuamente cambiante, debería decir, en virtud de su propio poder, qué nuevo ordenamiento o qué nuevo Estado debe ser reconocido o no. Esto no se puede derivar de la situación jurídica dada, pues la mayor parte de los nuevos Estados nacen contra la voluntad de sus hasta entonces dueños soberanos. En el momento de su propia afirmación como tribunal podría darse la posibilidad de un antagonismo entre el Derecho y la autoafirmación, y es claro que una instancia como la del referido tribunal internacional también representaría a su propia y pode-

rosa personalidad, además de a la idea de la justicia
impersonal.

***

En la gran historia de la Iglesia romana, junto al
Ethos de la justicia se encuentra también el del propio
poder, que se enaltece hasta el *Ethos* de la gloria, del resplandor y del honor. La Iglesia pretende ser la esposa
regia de Cristo; representa al Cristo gobernante, reinan-
te, victorioso. Su pretensión de gloria y honor descansa
de modo eminente en el pensamiento de la representación, y gesta la eterna oposición entre Justicia y Esplen-
dor glorioso. El antagonismo se encuentra en todo lo
humano, aunque algunos cristianos piadosos a menudo
vean en ello una forma de especial maldad. La gran trai-
ción que se reprocha a la Iglesia romana es el no concebir a Cristo como un individuo privado ni al cristianismo como asunto privado y pura intimidad, sino confi-
gurarlo como una institución visible. Rudolf Sohm cre-
yó comprender el pecado original jurídicamente; otros
lo vieron más grandiosa y profundamente como el deseo
de poder mundial-terrenal. Cuando la Iglesia consiga su
objetivo traerá la paz al mundo como cualquier imperialismo mundial; pero un miedo hostil a la Forma ve en
ello la victoria del diablo.

El Gran Inquisidor de Dostoievski confiesa haber caí-
do, con plena conciencia, en las tentaciones de Satanás,
porque sabe que el hombre es malo y despreciable por
naturaleza, un rebelde cobarde que necesita de un dueño, y porque sabe que sólo el sacerdote romano tiene el
coraje de asumir toda la condenación que corresponde a

tal poder. Aquí Dostoievski proyecta, con gran fuerza, su propio ateísmo potencial en la Iglesia romana. Para su instinto fundamentalmente anarquista (y esto siempre significa ateísmo) todo Poder era algo malo e inhumano. En el marco de lo temporal, la tentación del mal que existe en todo Poder es eterna, y sólo en Dios queda totalmente superada la antítesis entre el Poder y lo Bueno; no obstante, sería la más cruel inhumanidad afrontar esta antítesis mediante el rechazo de cualquier poder terrenal. Un oscuro sentimiento ampliamente extendido estima como mala la frialdad institucional del Catolicismo, a la vez que considera como verdadero cristianismo el informe exceso de Dostoievski. Se trata de algo tan superficial como todo lo que permanece apocado por el sentimiento y la sensación, y es algo incapaz de ver cuán anticristiano resultaría imaginarse que Cristo, entre su existencia terrenal y su vuelta gloriosa el Día Final, aún pudiera aparecer una o varias veces entre los hombres a modo de «experimento», por así decirlo.

Con más concisión que Dostoievski y, no obstante, con un horizonte infinitamente más amplio, el genio de un católico francés ha encontrado una imagen que, por un lado, recoge toda la tensión del antagonismo entre justicia y resplandor glorioso y, al mismo tiempo (mediante la formulación de una apelación judicial contra la justicia divina), impulsa dialécticamente la justicia hacia lo más extremo, salvaguardando las categorías jurídicas con las Formas «tribunal» y «apelación». Se trata de una escena inaudita del día del Juicio Final que Ernest Hello tuvo el coraje de describir: cuando se haya dictado la sentencia del juez del mundo, un condenado cubierto de delitos permanecerá de pie y para horror del universo dirá al juez: *j'en appelle*. «Al escucharse estas palabras se apagaron las estrellas». Según la propia idea de juicio final, su pronunciamiento es irrevocablemente firme *effroyablement sans appel*. ¿Ante quién apelas mi juicio?, pregunta el juez Jesucristo, y el condenado responde en medio de un temeroso silencio: *J'en appelle de ta justice à ta gloire*.

***

En cada una de estas tres Formas de lo representado (Forma estética de lo artístico, Forma jurídica del Derecho y Forma de poder histórico-universal de brillo deslumbrante) se configura la *complexio* de la vida contradictoria en una unidad de representación personal. Cada una de estas tres formas puede también suscitar una especial inquietud y perplejidad y reanimar nuevamente la pasión anticatólica. Todos los sectarios y herejes se han resistido a ver en qué gran medida el pensamiento de la representación, por su personalismo, resulta humano en el sentido más profundo. De ahí que hubiera un nuevo y específico tipo de lucha cuando la Iglesia católica encontró en el siglo XVIII un adversario que le opuso la idea de Humanidad. Su entusiasmo tenía un noble motivo, pero, cuando alcanzó una significación histórica, ese adversario nuevamente se rindió al destino de ese antagonismo entre justicia y gloria cuyo espectáculo despertó tantas energías contra la Iglesia. En la medida en que la idea de la Humanidad conservara una fuerza originaria, también sus representantes tendrían el coraje de imponerla con inhumana grandeza. Así, los filósofos humanitarios del siglo XVIII predicaban el despotismo ilustrado y la dictadura de la Razón: eran aristócratas conscientes de serlo. Por eso, fundaron su autoridad y sus sociedades secretas (con estrictos vínculos esotéricos) basándose en que ellos representaban la idea de Humanidad. En este esoterismo, como en cualquier otro, subyace el pensamiento de una superioridad inhumana sobre el no iniciado, sobre el hombre medio y sobre la democracia de masas. ¿Quién siente aún hoy ese coraje?

Sería extraordinariamente instructivo observar qué destino se le deparó a un monumento alemán de grandioso espíritu específicamente humanitario, a un trabajo como *La flauta mágica* de Mozart. ¿No es hoy esta obra simplemente música alemana agradable, idílica y precursora de la opereta vienesa? Es también (todos lo aseguran) un canto a la Ilustración, a la lucha del sol contra la noche, de la luz contra la tiniebla. Hasta aquí todo sería admisible incluso para la sensibilidad de una era democrática. Ciertamente, podría ser sospechoso que la reina de la noche contra la que lucha el sacerdote masónico sea la Madre en un sentido específico. Pero, a fin de cuentas, para el hombre de los siglos XIX y XX, ¡qué terrible y viril arrogancia y qué autoritaria seguridad en sí mismo caracteriza al sacerdote! y ¡qué diabólica ironía contra el hombre medio, representado en la satisfacción de las necesidades económicas del circunspecto padre de familia Papageno, que es aniquilado después de ver sus deseos cumplidos y sus necesidades satisfechas! No hay nada más terrible que esta agradable ópera cuando uno se toma la molestia de verla bajo la gran perspectiva de la historia de las ideas. Se la debe comparar con *La tempestad* de Shakespeare para comprobar cómo el personaje Próspero se convierte en un sacerdote masón y Calibán en Papageno.

El siglo XVIII aventuró una excesiva seguridad en sí mismo y un concepto aristocrático del secreto. En una sociedad que ya no tiene tal coraje, ya no hay más *arcana*, ni jerarquía, ni diplomacia secreta ni Política, pues toda gran Política exige su *arcanum*. Todo se hace delante de los bastidores (delante de la platea de Papagenos). ¿Deberían existir aún secretos comerciales o industriales? Este tipo de secretos tienen un especial significado para el pensamiento económico-técnico, y en ello podría radicar el inicio de un nuevo poder incontrolado. Provisionalmente este secreto no sale del ámbito económico, que es poco representativo, y hasta ahora sólo los soviets de fábrica han llegado a la conclusión de rebelarse contra tales secretos. Siempre se hablará sólo de Humanidad, pero también la idea de Humanidad, tan pronto como se realice, sucumbe a la dialéctica de toda realización e, inhumanamente, debe acabar por ser sólo humana.

En la Europa actual la Iglesia católica no tiene ningún adversario que se oponga ella como su enemiga con tanto entusiasmo como el que tenía aquel espíritu del siglo XVIII. El pacifismo humanitario no constituye un posible enemigo, pues su ideal reside en la justicia y en la paz; para muchos, aunque no se trate de los mejores pacifistas, se trata principalmente de un aceptable cálculo, según el cual la mayor parte de las veces la guerra constituye un mal negocio: se trata de la pasión racionalista (que no se puede aplacar) según la cual en la guerra se derrochan muchísima energía y material. La Sociedad de Naciones, en su estado actual, puede ser una institución útil, pero no se presenta ni como adversaria de la Iglesia universal ni tampoco como la conductora ideal de la Humanidad. El último gran adversario de la Iglesia fue la masonería. Lo que no estoy en disposición de saber es si ésta aún mantiene el ardor de su época heroica; pero para un pensamiento económico consecuente, las pretensiones ideales que tenga la masonería debieran ser igual de indiferentes que el Catolicismo o la Sociedad de Naciones. Para el pensamiento económico todas estas cosas sólo son espectros: uno (la Sociedad de Naciones), quizá el espectro del futuro, el otro (el Catolicismo), un espectro del pasado; y que un espectro dé la mano al otro es, como realmente alguien ha dicho, tan absolutamente indiferente como que pugnaran entre sí. La Humanidad es una idea tan abstracta que, a su lado, el Catolicismo puede aparecer todavía comprensible ya que al menos puede ser de interés para el consumo estético. Nuevamente, por tercera vez, la objetividad de los capitalistas que piensan económicamente resulta muy próxima a la intención del comunismo radical. Ni las personas ni las cosas necesitan un «gobierno» cuando el mecanismo de lo económico y de lo técnico cede a sus leyes inmanentes.

***

Si, de acuerdo con estas argumentaciones, se rechaza cualquier autoridad política, se nos aparece Bakunin, uno de los grandes anarquistas del siglo XIX, como el ingenuo guerrero precursor de varias generaciones en la lucha contra la Idea y el Espíritu para dejar libre el camino de todas las trabas metafísicas e ideológicas, y como quien golpea con violencia escita a la Religión y a la Política, a la Teología y al Derecho. Su lucha contra el italiano Mazzini fue como un simbólico encuentro entre las vanguardias de una colosal subversión histórico-universal, de dimensiones aún mayores que las de las invasiones bárbaras. Para Bakunin, la fe religiosa del masón Mazzini, como cualquier fe religiosa, era sólo una prueba de servidumbre y constituía la auténtica causa de todo mal, de toda autoridad religiosa y política; esa fe era centralismo metafísico. Marx y Engels también eran ateos, aunque para ellos el criterio último era la contraposición de las respectivas formaciones culturales. La insuperable antipatía que se suscitó en los germano-occidentales Marx y Engels contra el germano-oriental Lassalle era algo más que un capricho sin importancia. Así, el odio de Marx y Engels contra el ruso Bakunin, que provenía de los más profundos estratos de su instinto, se mostró en su lucha rabiosa en el seno de la primera Internacional. Y viceversa: en el ruso anarquista todo se sublevaba contra el «judío alemán» (proviniente de Tréveris) y contra Engels. El intelectualismo de ambos era lo que irritaba constantemente al anarquista: tenían demasiada «Idea», demasiado «cerebro». Bakunin sólo podía pronunciar la palabra «cervelle» con rabia hirviente: detrás de la misma barruntaba (con razón) la exigencia de autoridad, disciplina, jerarquía; para él, cualquier tipo de «cerebralismo» resultaba enemigo de la vida.

El instinto bárbaramente inquebrantable de Bakunin había extraído con gran seguridad un concepto, aparentemente incidental, pero en verdad decisivo, que los revolucionarios alemanes estigmatizaron con un *Pathos* singularmente moral, al tiempo que creaban la clase combatiente llamada «proletariado»: el *Lumpenproletariat*. Este calificativo (*à la fois méprisante et pittoresque*) realmente puede servir como síntoma, pues está cargado indefectiblemente de valoraciones. Desde todos los ángulos del pensamiento social existen relaciones con esa llamativa mezcla llamada *Lumpenproletariat*: ciertamente, es un «proletariado», pero también pertenecen a él los bohemios de la época de la burguesía, los mendigos cristianos y todos los humillados y desgraciados; ha desempeñado un papel, poco aclarado, pero esencial, en todas las revoluciones o rebeliones. En los últimos años, muy a menudo los escritores bolcheviques le han deparado una rehabilitación. Cuando Marx y Engels cuidaron de distinguir su auténtico proletariado de esta chusma «corrompida», se traicionaron revelando con qué fuerza resultaban operantes en ellos las concepciones culturales tradicionales, morales y europeo-occidentales. Ellos querían dar a su proletariado una dignidad social, y eso sólo es posible con conceptos morales. Aquí, sin embargo, Bakunin tuvo el increíble valor de ver en el *Lumpenproletariat* al portador de las cosas futuras y de apelar a la *canaille*. ¡Qué retórica más fulminante!: «Considero la flor del proletariado a las grandes masas, los millones de incivilizados, los desheredados, los desterrados y los analfabetos que el señor Engels y el señor Marx desearían someter al dominio paternalista de un gobierno fuerte. Considero la flor del proletariado a la carne de cañón de los gobiernos, aquella gran canalla que apenas ha sido tocada por la civilización burguesa y que en su interior, en sus sufrimientos y en sus instintos, lleva la semilla del socialismo del futuro.» La decisiva contraposición de culturas jamás se ha mostrado tan poderosa como en este pasaje, donde se abre el escenario de lo que es esencialmente actual y donde se aprecia de qué lado está el Catolicismo como magnitud política.

Desde el siglo XIX existen en Europa dos grandes masas que se oponen a la tradición europeo-occidental y a su cultura, dos grandes corrientes que golpean en sus diques: el proletariado de clase de las grandes ciudades comprometido con la lucha de clases, y el rusismo que se aparta de Europa. Vistos desde la cultura europeo-occidental que nos ha sido transmitida, ambos son bárbaros y allí donde tienen una energía autoconsciente se llaman a sí mismos, con orgullo, bárbaros. El hecho de que ambos se encuentren en el suelo ruso, en la República Soviética rusa, contiene una profunda verdad histórico-ideal. La conexión no es una casualidad de la historia universal, por muy distintos e incluso opuestos que pudieran ser ambos elementos (rusismo y masa trabajadora industrial de las grandes ciudades), y por más que resulte inexplicable el proceso global según las construcciones hasta hoy existentes e incluso la propia teoría del marxismo. Sé que en el odio ruso contra la cultura europeo-occidental hay más cristianismo que en el liberalismo o en el marxismo alemán; que importantes católicos consideran al liberalismo como un enemigo aún mayor que el abierto ateísmo socialista; y que, finalmente, quizás en la ausencia de Forma pudiera estar potencialmente la energía para crear una nueva Forma propia también de la era técnico-económica. *Sub specie* de su supervivencia frente a cualquier fenómeno, la Iglesia católica aquí no necesita decidirse, también aquí la Iglesia será la *complexio* de todo lo que sobreviva: es la heredera; pero, sin embargo, existe una decisión inevitable del momento actual, de la situación presente y de todas las generaciones. Aquí la Iglesia, aun cuando no se declare a favor de ninguna de las partes combatientes, debe estar objetivamente en uno de los bandos del mismo modo, como, por ejemplo, en la primera mitad del siglo XIX estuvo del lado de los contrarrevolucionarios. Y esto es lo que creo: en aquellos combates en vanguardia contra Bakunin, la Iglesia católica y el concepto católico de la Humanidad deben estar en el lado de la Idea y de la civilización europeo-occidental, más cerca de Mazzini que del socialismo ateo del ruso anarquista.